ハヤカワ文庫JA
〈JA1287〉

宇宙軍士官学校
—攻勢偵察部隊《フォース・リーコン》—
1

鷹見一幸

早川書房
8018

目次

かつて、地球上を一周するだけで世界一周と呼ばれた時代があった。

宇宙軍士官学校
―攻勢偵察部隊《フォース・リーコン》―
1

序章

恵一はシュリシュクの第三軍の軍司令部施設の中にある、幹部用待機宿舎のリビングルームで、目の前にある大きな三次元立体モニターに浮かび上がる映像を見上げていた。

それは宇宙に浮かぶ楕円形の雲のように見えた。古《いにしえ》より、地球人が〝星雲〟と呼び習わしてきたその銀河の名称は、〝アンドロメダ銀河〟。十八世紀の天文学者シャルル・メシエが、この銀河に三十一番のナンバーを振って、メシエカタログに〝M31〟と記載して以来、夜空を見上げれば肉眼でも見ることのできる銀河として、人々に親しまれてきた。

望遠鏡の精度が低かった時代、星雲は銀河系の中に存在する恒星の集まりだと考えられていた。しかし時代がくだり、このアンドロメダ銀河はわれわれの銀河系の外に存在するということが判明し、宇宙空間の広大さが明らかになるに従って、この銀河は二百五十万光年という気が遠くなるような距離の彼方に位置し、宇宙には、これと同じような銀河が無数に存在するということも広く知られる事実となった。

――地上では、〝見える場所に行く〟ということは、不可能なことでもなんでもない。地平線、水平線の向こうに隠れた場所であっても、行こうと思えば行ける。でも、これが宇宙の話となるとそうはいかない。〝見える〟ということと、〝そこに行く〟ということは、まったく別の次元の話だ……いや、〝だった〟と過去形で言うべきだな。なぜならおれは、これから、あそこに行くことになるのだから……。

恵一がそんなことを考えていると、隣に並んで、同じように三次元立体モニターに浮かび上がる銀河を見上げていたロボが言った。

『アンドロメダ銀河の見えかたって、地球でも、このシュリシュクでも、あまり変わらないんだね』

「アンドロメダ銀河との距離が遠いからね。地球とシュリシュク程度の位置の差じゃ、見た目の変化は、ほとんどないんだ」

『二百五十万光年の距離ってことは、今、ボクたちが見ているこのアンドロメダ銀河の映像は、二百五十万年前の姿だってことだよね？　実際に行ってみたら、形が違っている、なんてこともあるのかな？』

「それは当然ありえるだろうな。アンドロメダ銀河に関して、今のおれたちが手に入れられる情報は光学的なデータだけで、そしてそれは遠い過去のものだ。そんな状態で敵の勢力圏に飛びこむわけにはいかない。まずは外縁部まで行って情報収集から始めることになるだろうね」

恵一がそう答えたとき、見上げていた映像の片隅に、スケジュール管理用のアイコンが浮かび上がって点滅した。

『長距離偵察戦闘艦隊指揮官の総合会議が始まるまで、あと十五分だね。新しい制服に部隊章と略綬を取りつけたから、着る前に端子のセンサーが読み取るかどうか確認して』

ロボはそう言うと、リビングの奥にあるクローゼットに向かった。

「ああ、ありがとう。意識空間なら、AIが外見を調整してくれるから、はっきり言って普段着でも構わないけど、今回の会議は直接顔を合わせなきゃならないからな」

クローゼットから戻ってきたロボから制服を受け取った恵一は、胸についている略綬に汎用端末のセンサーをかざし、データの読み取りを確認した。功労賞や資格を意味する略綬は、いわば履歴書のようなものであり、ミスは許されない。

真剣な表情で汎用端末に表示されるデータを見つめる恵一に、ロボが言った。

『意識空間での会議じゃなくて、直接顔を合わせて話をする会議って、合理的なケイローン人としては珍しいよね』

「会議と言っても、ケイローン軍の幹部から説明を受けるだけで、メインはそのあとの懇親会らしいね。セレモニーの概念がないケイローンにしては珍しいけど、長距離偵察戦闘艦隊は途上種族から選抜された軍人の混成部隊で、いわば寄り合い所帯みたいなものだから、その顔合わせの意味もあるんだろう。長い航海になるかもしれないから、そういう部分のすり合わせはたいせつなのさ……よし、確認終了。略綬も部隊章も完璧だ」

『ケイイチの晴れ舞台だもんね。きっちり仕事しておきました』

ロボはそう答えると、得意そうに胸を張ったあとで、少し心配そうに聞いた。

『地球軍独立艦隊から選抜された地球人は、ケイイチを含めて二十人だけなんだよね？バーツやリーがいないけど大丈夫？』

「ああ、顔なじみの気心が知れた仲間がいないのは心細いな。でも、バーツは地球軍独立艦隊の司令官だし、リーは太陽系の宇宙軍士官学校で新しい練習生を教育するという大事な仕事がある。地球をもとに戻すためには、銀河文明評議会の支援が必要だ。そして継続して支援を受けるには、継続して相応の貢献が求められる。おれたちの次の世代、そのまた次の世代へと、宇宙戦闘のノウハウを継承させるのは、ある意味、この長距離偵察戦闘艦隊に加わることと同じくらいに大事なことなのさ」

そうロボに向かって話しながら、恵一は、その言葉が自分自身に言い聞かせていることに心の中で気づいていた。

――今だからわかる。おれが自信を持って地球軍独立艦隊や、途上種族艦隊を指揮できた理由は、おれが迷わなかったからじゃない。おれが抱えこんだ不安や迷いを、バーツやリーたちが打ち消してくれていたからだ。あいつらが向けてくれた信頼に、おれはどれほど助けられただろう……。

自分を疑うことは大事だ。これで正しいのか？　ほかに、もっと効果的な方策があるんじゃないのか？　単にルーティンで楽だから、責任を負わされたくないから、この方法を選択したんじゃないのか？　それを常に自分に問いかけることは指揮官として当然のことだ。でもそれは、一歩間違えば迷宮に足を踏み入れることになる。何が正しい選択肢なのかわからなくなり、何ひとつ決めることができなくなる。その迷いの森から抜け出るためには、自分を信じること、自分を肯定すること、それしか方法はない。その自己肯定の基礎になるのが、過去の成功体験だ。ゆえに指揮官は、エリートと呼ばれる成功者から選ばれる。

だが、おれには宇宙軍士官学校に入るまで、これと言って成功した経験がない。ごく普通の成績で、ごく普通の人間として生きてきた。おれの実績や成功体験は、すべて宇宙軍士官学校で手に入れた、いわば付け焼き刃みたいな薄っぺらなものでしかない。だから、たとえおれが選択した方法がよくない結果に繋がろうとも、〝おまえを信じる〟と言いきって、おれを信頼し肯定してくれたバーツやリーのような存在のおかげで、おれはどれだけ救われたかしれない……。

でも、もう、おれを全肯定してくれる友人はいない。〝おまえはもう立派に成功体験を積んだ。おまえにそういう存在は必要ない〟と判断されたのだろうか？　指揮官には、自分を疑うのと同時に、自分を肯定するという二律背反した行為を常に求められる。成功体験にうぬぼれて、自分を疑わなくなることのないように、常に自分を戒めるべきだろうな……。

『ケイイチ、そろそろ時間だよ』

ロボの声で、恵一は我に返った。

「ああ、そうだな。じゃあ、行ってくる。懇親会は立食パーティみたいな形式らしいから、夕食は用意しなくていい」

『わかった。でも、立食パーティじゃ、あまり食べられないかもしれないから、何か軽い夜食のようなものを用意しておこうか？』

「ああ、それがいいな」

恵一はそう言い残すと、宿舎の玄関に向かった。ケイローンの文化的特徴を示す、装飾がまったくない灰色一色の無機質なドアがゆっくりと開き、明るい日の光が部屋の中に差しこんでくる。恵一はその日差しを吸いこむように大きく深呼吸すると、光の中に足を踏み出した。

その光の向こうには、新しい組織と、新しい部下と、そして新しい任務が待っていた。

1　選ばれし者

長距離偵察戦闘艦隊指揮官の総合会議が行なわれる会議室は、全体がすり鉢状になった大きなホールだった。コロシアムのように階段状に半円形に盛り上がった席には、さまざまな途上種族から選抜された佐官以上の将校がすわっている。会場に入った恵一は、居並ぶ将校の中に、モルダー星系防衛戦や、太陽系防衛戦で顔見知りになった途上種族の人間を何人か見つけていた。向こうもこちらに気づいたのだろう、親しげに微笑む者や、軽く会釈する者が何人もいた。

恵一が席に着くのと同時に、目の前の机のコンソールが起動し、会議の議題と出席者のデータが表示された。映し出されているのは文字ではなく、情報圧縮された三次元コードであり、それを見ることで視神経とリンクした戦術支援AIがデータをアーカイヴして、意識の中にデータを直接挿入してくるのだ。

――やはり、会議と呼んでいるが、こちらから発言することは考慮されていないみたいだな。どちらかというと説明会に近い形式なのかもしれない。

レジュメに目を通した恵一がそんなことを考えていると、意識の中にAI特有の乾いた印象を持つ思念インフォメーションメッセージが送られてきた。

『会議を開始します。最初はケイローン軍第三軍の総司令官である、デグル上級大将のスピーチです』

恵一がレジュメから目を上げて、すり鉢状の会議室の底の部分にある半円形のステージに視線を移すと、そこにモルド・デグル上級大将が姿を現わした。

デグル大将は、会議室に集められた途上種族から選抜された百名ほどの佐官以上の階級を持つ将校たちを見まわして、ゆっくりと話し始めた。

「これからわたしが諸君に話すことは、作戦計画ではない。もう少し根源的な情報だ。今回の長距離偵察戦闘艦隊の編制、及び粛清者《しゅくせいしゃ》の本拠地である銀河に対する威力偵察任務は、銀河文明評議会のかなり上位に位置する種族から、われわれケイローンに対し直接下命されたものであるが、正直なところ、わがケイローン軍の指導部は当惑した。驚いたと言ったほうが正しいかもしれん。なぜならわがケイローン軍には、侵攻してきた粛清者をどのように迎え撃つか、どのように星系を防衛するか、ということしか頭になかったからだ。これは、わがケイローンのみならず、銀河文明評議会に所属するどの種族でも同じことだったに違いない。人類種族としての命題は、粛清者の侵攻という眼の前の危機から、いかに生き延びるかというものであり、それに全精力を傾注しなければ、絶滅するか、流浪の民として滅亡するか、それしか道がなかったのだ。この銀河における人類の粛清者との長い戦いの歴史はすべて防衛戦であり、こちらから粛清者の銀河に攻勢をかける、などということは現実のものとして、ただの一度も考えられたことがなかった。荒唐無稽な夢物語であると考えられてきたのだ。

その理由のひとつが、粛清者の支配下にある銀河までの二百五十万光年という距離である。わがケイローンはこのエリルセナント線における中堅種族として、百を超えるゲートを持ち、数多くの途上種族と指導種族を眷属《けんぞく》として抱えているが、われわれが安定して移動できる範囲はエリルセナント線の内部にかぎられ、ゲートを使用しない次元断層をもちいた転移移動は、基本座標データが開示された星系にかぎられている。ケイローンが中堅種族として〝ラガン〟の地位を与えられたときに、その当時の代表者が上級種族に拝謁《はいえつ》するために、上級種族の宇宙船を使用して銀河系の中心部に向けて旅立ったことがあるが、その技術と、銀河系中心部に位置する上級種族星域の座標データは上級種族のみが保持している情報であり、われわれには長距離転移の原理も使いかたも知らされてはいない。つまり、われわれは敵地に行く手段すら持っていなかったのだ。

だが、今回の長距離偵察戦闘艦隊の下命にさいし、銀河文明評議会は、長距離転移に関する技術の提供と、航法に関する基本座標データをわれわれに開示してくれることになった。敵地に到達する手段と全面的な技術援助を与えられたのだ。特筆すべきは、今回のこの長距離偵察戦闘艦隊の編成と実行の下命は、銀河文明評議会に属するすべての種族をさしおいて、真っ先にわがケイローンが指名されたということだ。上級種族は、さらに、今回の攻勢部隊の編制に途上種族を主力としてもちいるように指示してきた。その理由の説明はない。過去における上級種族の下命時と同じだ。だが、ひとつだけ言えることがある……」

デグル大将はそこで言葉を切ると、居並ぶ途上種族の指揮官を見まわしてから、にやりと笑って言葉を続けた。

「諸君らが部下に、重要で、なおかつ難しい仕事をさせる必要が出てきたとしよう。そのとき諸君ならどうするかね？　部下の力量を勘案《かんあん》し、その仕事をちゃんとこなせる力量を持った部下を選ぶはずだ。できそうもない、やれそうもない人間に任せることはしない。つまりはそういうことだ。われわれケイローンと、諸君らわがケイローンの眷属たる途上種族には、それをやり遂げるだけの能力があると認められたのだ。われわれは選ばれたのだ。そう思えばいい。わたしは、諸君らに、命令に盲目的に従え、とは言っていない。単に優先順位を間違えるな、と言っているだけだ。脳内リソースを使うならば、まず考えるべきことは〝どうやるのか〟、〝やってのけるのか〟ということだ。それ以外のことは、やって結果を出したそのあとでゆっくり考えればよいことだ。粛清者に対する長距離侵攻作戦は、この総合会議をもって正式に発動する。以後、諸君らは全員、作戦計画のタイムテーブルに沿って動くこととなる。粛清者の本拠地に向けて出撃するのは本日より三十日後だ。この三十日で、受領した装備の取り扱いに慣熟してもらわねばならん。拙速にすぎると思うかもしれんが、この日程もまた上級種族から指定されたものなのだ。なぜ、この日に出撃しなくてはならないのか、その理由も例によっていっさい開示されていない。何かわれわれのあずかり知らぬ理由があるのだろう。理由も知らされずに使われるのは、まるで子供の使いではないかと腹を立てたくなるのもわかるが、それは了見違いだ。長い歴史を持つ上級種族から見れば、われわれは子供そのものなのだ。大人が子供を子供扱いすることになんの不思議もない。うぬぼれた子供だけがそれに腹を立てる、というだけのことだ。さて、長々と話してきたが、タイムテーブルは動き出した。無駄に時間を使うわけにもいかん。実務的な話は、この長距離偵察戦闘艦隊をひきいる艦隊総司令官である、ロウラン中将に任せるとしよう」

デグル大将の言葉が終わるのと同時に、デグル大将と入れ代わるように会議室の中央に、一人のケイローン人の将官が現われた。年齢は四十代半ばくらいだろうか、戦術支援ＡＩが、人のよさそうな微笑みを浮かべたその将官の人物データを恵一の意識の中に送りこんでくる。

『クジョー・ロウラン中将。ケイローン軍第三軍中央作戦司令部から、本日付けで長距離偵察戦闘艦隊司令部総司令官に赴任。長距離センサー搭載型偵察艦の艦長経験を活かし、偵察艦隊司令官を勤めたのちに、作戦司令部にて情報の収集と分析部門の総責任者として作戦立案時の監修と立案を担当。〝千里眼のロウラン〟の愛称で部下から呼ばれている』

戦術支援AIが意識の中に送りこんできたデータを確認した恵一は、あらためて目の前に立っているロウラン中将を見た。

——経歴や部下からの愛称などの情報を仕入れてから見なおすと、あの人のよさそうな微笑みも、近づくと目が笑っていないように思えるから不思議なものだな。人間の印象は先入観によって左右される。でも、それは仕方がない。人間の心理というのはそういうふうにできていて、そう簡単に変えることはできない。問題はそれを理解した上で、自分の先入観をどうコントロールできるかだ。人の印象というのは与えられた情報とその順番でいくらでも変わるものだ。なのに、最初に抱いた印象で人にレッテルを貼って、それを見なおさないような愚かな真似はしたくない。

恵一が、そんなことを考えていると、ロウラン中将がスピーチを始めた。

「わたしが今回の長距離偵察戦闘艦隊の艦隊総司令官、クジョー・ロウランである。わたしの経歴や評判は、すでに支援AIによって諸君らの知るところであろうから、自己紹介は省略させていただく。なお、今回の長距離侵攻作戦の具体的な計画の情報については、先ほど……五分ほど前に、データベースの情報制限が解除され、長距離偵察戦闘艦隊に所属する将兵ならば、階級、種族にかかわらず、誰でもアクセス可能となった。このデータは作戦計画のみならず、艦隊編成、装備、補給などの詳細な項目に分かれており、諸君らの配属先、役職などもここで確認できる。なお、正式の辞令は十二時間後に発令される。データベースの情報量が膨大で、見始めたらきりがないので、できることならば会議のあとにアクセスしてほしい……」

ロウラン中将は、そこで言葉を切ると、少し真剣な目つきで会議の出席者たちの顔を見まわし、言葉を継いだ。

「今回の長距離侵攻作戦が、今までの作戦行動と大きく違う点をここで伝えよう。それはアバターシステムが使えない、ということだ。諸君らも知っていると思うが、アバターシステムは、オリジナルのクローンであるアバターを戦場に送りこみ、記憶を記録するサイコサーバーと常時接続することで、そのアバターが戦死した場合でも、予備のアバターにその直前まで記録されていた記憶を移植することができる。わずかな空白時間で再び将兵を前線に復帰させることのできるシステムである。このシステムは、凍結睡眠状態に置かれた大量のアバターを保管し管理する施設と、そこから即座に最前線に新しいアバターを送り出せる即応性を持った大量輸送が可能な供給ライン、そして個人の記憶を記録し管理するサイコサーバーの三つが存在することで成り立っているが、今回の長距離偵察戦闘艦隊には、大量輸送が可能な供給ラインがなく、遠距離におけるサイコサーバーの運用方法も確立されていない。アバターが作戦中に戦死した場合、シュリシュクで覚醒した新しいアバターは、出撃する直前の記憶しか持っておらず、長距離偵察戦闘艦隊への補充もできない、ということになる。何よりも、長距離偵察戦闘艦隊で運用される艦隊指揮システムは、アバターでは使用できないことが判明した。つまり今回の任務は、諸君らのオリジナルによって遂行されねばならない、ということである。オリジナルには、あとがない。代替されるものがない。そのため、われわれは今回の任務に使用する艦に大型の脱出装置を搭載した。危機的状況におちいった場合は、即座に脱出し、生存をはかってもらいたい。もし作戦が失敗し、侵攻先で艦隊が全滅した場合、われわれの戦いの記憶、体験した経験値はすべて水泡に帰する。情報収集活動によって得たさまざまな情報は逐次シュリシュクに送られるので、まったくの無駄足となるわけではない。だが、記憶と経験値が得られなければ、記憶体験型教育システムは使用できない。現在の教育システムは、過去の戦役を体験した人間の記憶をもとに再構成し、それを後世の人間が追体験することで、単なる知識や情報としてだけではなく、より多くのことを経験として体得できるようになっている。これからも続く粛清者との戦いを見据えたとき、われわれが生還できるかできないか、それは大きな意味を持つ。〝征《ゆ》きて還る〟——それがこの艦隊の目的である。どうかそれを忘れないでほしい。諸君らは、このあと蘇生管理センターに赴き、そこで保存されているオリジナルの身体に意識と記憶を同期させたのちに、訓練場に向かってもらうことになる。さて、〝そろそろ懇親会に移る時間だ〟とわたしの意識にＡＩが呼びかけてきた。わたしからのスピーチはこれくらいにして、懇親会に移行するとしよう」

ロウラン中将がそう言ってスピーチを締めくくったのと同時に、すり鉢状になっていた会議室の座席と机が、ゆっくりと下降し、フロアが平面になった。そして恵一の意識の中に、会議が始まったときと同じＡＩの思念インフォメーションメッセージが流れた。

『座席と机を格納します、立ち上がってください』

恵一たちが立ち上がると、今まですわっていた椅子と、前にあった机がぱたりと折りたたまれ、そのまま床のスリットの中に沈みこんでいった。床下に椅子と机が格納されるのと同時に、細長い蓋がせり上がってきてスリットを塞ぐ。その蓋は恵一の見ている前で完全に床面と均一化してしまい、どこにスリットがあったのか、まったく見分けがつかなくなってしまった。

——無駄に凝っているというか、なんというか……これと同じレベルの技術力は、銀河文明評議会のオーバーテクノロジーを使わなくても、地球でもやってやれないことはないだろう。だが、それを作り、確実に動くシステムを維持するためには、メンテナンスを含めて膨大なコストと時間がかかるだろう。それだけのコストと時間を注ぎこんで割に合うのか？　と考えれば、おそらく割に合わない。だから作らないし、作ろうとも思わない。

だが、ケイローンは、そのシステムを当たり前のように運用している。テクノロジーの進歩というのは、単に先進化することだけを言うのではなく、それが社会に広がっていくこと、普遍化することも含むんだな。

恵一がそんなことを考えていると、後ろから声をかけられた。

「アリサカ少将、お久しぶりです」

振り向くと、そこに、褐色の肌に白髪の、地球人とは違う風貌の将官が立っていた。その顔に見覚えのあった恵一が、

「あなたは……」

と、答えるのと同時に、自分の記憶をたどるより早く、支援AIが目の前の将官のデータを意識の中に流しこんできた。

『カリラ・コムロット准将。モルダー星系人。モルダー星系防衛戦の敗北により居住惑星を失ったモルダー星系人類はロストゲイアーとしてケイローンの保護下に入り、シュリシュクに移住を開始。モルダー星系軍の残存兵力はケイローン親衛義勇軍に加わり、モルダー艦隊を編成。艦隊総司令官として任命されたのち、長距離偵察戦闘艦隊に抜擢。長距離偵察戦闘艦隊第二艦隊総旗艦艦長、及び総司令部副官に任命』

――そうだ、カリラ・コムロット准将だ。モルダー星系防衛戦のとき、〝ノガ・ブガ・グルルンダ・ジガ（未来に繋がる勝利を）〟という言葉を教えてくれた男だ。確かモルダ

ーの挨拶は……。

恵一は言葉の代わりに右手の握りこぶしを相手に向かって突き出した。

その仕草を見たコムロット准将は、一瞬驚いたように目を小さく見開いたあとで、満面の笑みを浮かべて恵一の握りこぶしに自分の右手の握りこぶしを当てた。

「モルダーの挨拶を覚えてくれていたんですね……でも、今の階級はあなたのほうが上です。どうぞ手をお開きください、目上の者が目下の者の拳《こぶし》をつかむのがモルダーの挨拶です」

「そうでしたね、でも、ここは地球人の礼儀でやりましょう。地球の握手という挨拶を覚えていますか？」

「はい、忘れるわけがありません！」

コムロット准将は、そう言って嬉しそうにうなずくと、右手を開いた。恵一もすばやく右手を開いてその手を握った。

「地球人は、モルダー星系のかたがたに恩があります。地球が、まがりなりにも自分たちの居住惑星を失わずにすんだのは、モルダー星系防衛戦の戦訓に助けられたからです。今、地球人が自分たちの惑星の上で生きていられるのは、モルダー星系の犠牲があったからなのです」

恵一の言葉を聞いたコムロット准将は、慌てたように、胸の前で両手の拳を振った。

それはモルダー星系人のあいだで、否定を意味する仕草だった。

「とんでもありません！　恩なんて、そんなことありません。あれは運だったのです。もし、粛清者の侵攻する順番が違っていれば、わたしたちが太陽系の犠牲の上に居住惑星で生きていたかもしれません。いえ……たとえそうだったとしても、われわれには十三万発に及ぶ恒星反応弾を撃破することはとうてい不可能だったでしょう……」

「われわれも、すべてを撃破することはできませんでした。上級種族の〝解熱剤《アンチパイティックス》〟がなければ、われわれもロストゲイアーとなっていたでしょう」

「それも〝運〟だったのでしょう。地球人があれだけの戦いかたをやってのけたからこそ、上級種族は太陽系を救うことを決めたのだと思います。破滅を座して受け入れるか、最後まであきらめずに破滅に抗《あらが》うのか。その姿勢の違いが呼びこんだ〝運〟だったのだとわたしは思います」

「そう言っていただけて、気が楽になりました」

コムロット准将は笑いながら答えた。

「地球人もモルダー人も、立場は対等です。誰かのおかげでも、誰かのせいでもありません。そういう考えはやめましょう……軍人としての役職は、わたしが副官で、あなたが司令官ですけど……」

「え？　わたしが司令官？」

驚く恵一を見て、コムロット准将も驚いた。

「ご存じないのですか？　アリサカ少将は長距離偵察戦闘艦隊の第二艦隊司令官に任命されておられます。わたしは閣下の副官として艦隊旗艦の艦長を兼務することになっています」

「あ、そうか、データベースにアクセスするのを忘れていた」

「アリサカ少将は真面目ですねえ……わたしなんか、ロウラン中将のスピーチを聞いて即座にアクセスしました。会議に出席していた人間は、ほとんど全員あの瞬間にアクセスして、自分の配属先を知ろうとしたと思いますよ？」

苦笑するコムロット准将に、恵一は右手を小さくあげて答えた。

「失礼、ちょっと確認させてほしい」

「はい、配属先データだけなら、記憶に入力されるのは数秒もかかりません」

恵一の思念を受け取った戦術支援ＡＩは、即座に恵一の意識の中に長距離偵察戦闘艦隊の艦隊編成表を送りこんできた。

長距離偵察戦闘艦隊は、第一、第二、第三艦隊の三つの艦隊によって編成されており、艦隊総司令部が艦隊旗艦のある第一艦隊に置かれている以外は、この三つの艦隊は、艦種と艦の数はほとんど同一だった。

――戦列艦の数も駆逐艦や機動戦闘艇母艦の数も同じか、まるで三つ子のような艦隊だな……このような編成にした理由はなんだろう？　敵に対する欺瞞か？　いや、違う。これはおそらく独立性を高めているのだろう。役割を分担して相互に支援する編成は総合的な戦力は高くなるが、損害が生じ始めると機能不全におちいってしまい、加速度的に戦力が下がっていく。だが、艦隊ごとに独立性を持たせていれば、運用の自由度も高いし、損害発生時の戦闘力の低下は抑えられる。なにより生存性が高くなる。任務の中には、粛清者と交戦して敵の防衛システムのデータを収集する、というものもある。粛清者の攻撃を受けたとき、三つの艦隊のうち二つが壊滅しても、どれかひとつが生還できれば情報は回収できる、というわけか……。

恵一がそこまで考えたとき、意識の中にAIの思念インフォメーションが流れた。

『これより、長距離偵察戦闘艦隊所属の全乗組員を対象とした懇親会を開催します。将官会議室と士官会議室とのあいだにあるパーテーションを除去いたします。パーテーションから離れてください』

そしてインフォメーションが終わるのと同時に、半円形の形をした会議室の直線の壁が、音もなく床に吸いこまれ始めた。その壁の向こうからは、ドリンクバーや、料理などが並んだテーブルが、そしてさらにその向こうには、大勢の士官たちの姿があった。その中には、見覚えのある地球軍独立艦隊の士官の姿もある。恵一たちと同じように、彼らも壁を隔てた反対側の会議室でレクチャーを受けていたのだろう。

恵一の意識の中に、再びインフォメーションメッセージが流れた。

『懇親会は、コミュニケーションを深めるために行なわれるものです。階級、種族にこだわることなく、人類としての友誼《ゆうぎ》を深めましょう。無用のトラブルを招かないように、感応端末を通じて支援ＡＩが種族間のさまざまな習俗について、適切なアドバイスを行ないます。それぞれの所属艦隊は部隊章によって判別可能です。同じ星系出身者だけではなく、共に戦うことになる新しい戦友たちとも話をしましょう』

「まるでオリエンテーションを受けている新兵のような扱いですね」

インフォメーションを受け取ったコムロット准将は、そう言って苦笑いを浮かべた。

「ケイローン軍は今まで途上種族ごとに艦隊を編制して運用してきた。しかし、今回の長距離偵察戦闘艦隊はそうじゃない。各種族の将兵による混成部隊だ。きみとわたしのようにね。種族ごとに文化も風習も価値観も違う。それをすり合わせていくのは、おそらく容易なことじゃないはずだ。そう考えれば、配慮しすぎるということはないだろうね」

「そうですね。ましてやこれが最初の顔合わせとなれば、最初の印象しだいで、人間関係が大きく左右されますから……」

コムロット准将は、そう答えたあとで、恵一に尋ねた。

「ちょっと、やってみたいことがあるのですが、よろしいでしょうか？」

「やってみたいこと？」

「ええ、われわれと同じ第二艦隊所属の者に、集まるように声をかけてみようと思うのです。顔つなぎは早いほうがいいでしょう?」

「ああ、それはいいですね。そういうのは艦隊司令官のわたしが音頭を取らなくてはいけないのに、気がまわらなくて申しわけない」

そう言って頭を下げた恵一を見て、コムロット准将は少し真面目な顔になって答えた。

「いえ、将兵のケアを通じて艦隊を常に最適の状態に保つことに気を配るのはわたしの仕事で、閣下の仕事は、その艦隊を使っていかに任務を果たすか、生きて還るか、それを考え決断することです。雑務はわたしにお任せください」

「了解しました、お任せします」

恵一がそう言って笑ってみせると、コムロット准将もにやっと笑って答えた。

「われわれは運命共同体で、家族みたいなものです。相手に対する敬意は敬意として、他人行儀はやめませんか? 非公式の場では、わたしのことは〝カリラ〟と呼んでいただいて結構です、閣下」

「わかりました。では手始めに、わたしのことを〝閣下〟と呼ぶのもやめてください。地球軍独立艦隊では、同期生から〝ケイイチ〟と呼ばれておりました。いきなり名前を呼ぶことに抵抗があるのでしたら、〝アリサカ〟でも結構です」

コムロット准将は、慌てたように胸の前で握りこぶしを振った。

「いや、いきなり司令官を呼び捨てにはできません。わたしの中にその準備ができておりません。〝アリサカ司令〟ではどうでしょうか？」

「わたしとしては、どう呼ばれようとも構いません。人の呼び名というのは、最初はぎこちなくとも、時間がすぎれば自然と定まっていくものだと思っておりますので」

「閣下……いえ、アリサカ司令にそう言われると、わたしとしても気が楽です。では、わが第二艦隊の乗組員を集合させてまいります」

コムロット准将はそう言うと、恵一に小さく敬礼し、パーテーションの消えた向こう側に集まっている士官たちの群れの中に入っていった。

その後ろ姿を見送っている恵一に、聞き覚えのある声が話しかけてきた。

「ケイイチの新しい副官は真面目そうだな。というかバーツに比べれば、誰でも真面目に見えるのかもしれないが……」

振り向くと、そこにタムイが立っていた。いつもと変わらない、泰然としたタムイの表情を見て、恵一はバーツがつけた〝サバンナの哲学者〟というあだ名を思い出して、思わず笑ってしまった。

「笑うほどおもしろいことを言ったつもりはないが……バーツは一見すると軽薄だが、性根は真摯で責任感あふれる人間だ」

フォローのつもりなのだろう、タムイは珍しくバーツを褒めた。

「ああ、わかってるよ。あいつは一見軽薄だが、根は真面目だ。一見真面目だけど根が軽薄な人間よりはるかにいい」

「いや、一見軽薄だが根も軽薄という人間のほうがわかりやすい、という意味では優れているのかもしれない」

いつものように、思慮深い、というよりもひねくれた言葉を返したあとで、タムイは恵一に右手を差し出した。

「わたしは第二艦隊司令部の情報分析参謀に任命された。よろしく頼む」

「タムイの分析能力にはなんども助けられた……きみが来てくれて心強い。ましてやわれわれの目的は偵察だ。情報の収集と分析が何よりも優先されるからね」

恵一はそう言うとタムイが差し出した右手を握った。

「頼りにされるのは嬉しいが、今回の長距離偵察戦闘艦隊の編成について、少々気がかりなことがある」

「気がかりなこと？」

恵一は怪訝な顔になった。

「うむ、この艦隊は、ケイローン以外はすべて途上種族で編成されていて、ケイローンよりも上級の種族は一人も加わっていない。自分たちの銀河系の中心部にすら行ったことがない辺境の途上種族を集めて、ほかの銀河系に差し向けるというのは、あまりにも無謀だ。

だが、あえてその無謀な作戦行動を起こす理由はどこにあるのだろう？　ということだ。戦闘力や経験値を考えれば、ケイローンだけで艦隊を編成したほうがはるかにレベルが高く、それに伴って作戦の成功率も高いだろう。なのに、あえて途上種族をメインに据えて艦隊を編成するように、上級種族が下命した理由はなんだろう？

デグル大将は理由を考えるなと言った。だが、ギリシャ神話のシジフォスの岩のたとえではないが、人間にとって理由のない労働は拷問に等しい。わたしが思うに、デグル大将の〝理由を考えるな〟という言葉は、〝思考停止せよ〟という意味ではなく、〝正しい答えを追い求めるな〟ということではないだろうか？　物事には理由がある。そしてその理由はひとつではない。さまざまな理由が複雑に絡み合っているのが当たり前だ。だが、正しい答えはひとつしかないと考えてしまうと、思考は単純化され硬直化していく。デグル大将はそれを恐れたのだと思う。つまり、〝これが正しい理由だ〟と思いこまなければ、理由を考えること、思考することになんの問題もないのだ」

「泳ぐのをやめると死んでしまうマグロと同じで、タムイは考えるのをやめると死んでしまうんじゃないかって以前バーツが言っていたけど、そのとおりだな」

「否定はしない」

表情も変えずに答えたタムイを見て、恵一は聞いた。

「タムイは、上級種族がおれたち途上種族を長距離偵察戦闘艦隊の主力に置いた理由はなんだと思う？」

「理由はいろいろあるだろうが、まず思いつくのは秘密保持だ。粛清者の精神支配はわれわれ人類には無効だ。完全なディスコミュニケーションの状態にあり、人類側の情報が粛清者に伝わることはないように思えるが、銀河文明評議会の上層部、人類の祖先をこの銀河系に播《ま》いた〝至高者《オーバーロード》〟は、もともとは粛清者と同じ側の存在だ。上級種族までたどられれば、人類側の情報がすべて伝わってしまう可能性は高い。だが途上種族を使えば、粛清者の捕虜になっても、上級種族の情報が洩れることはない。たとえ生体解剖されて脳の記憶細胞を取り出され、シナプスのひとかけらまで調べられたとしても、そもそも上級種族のことをまったく知らないのだから、洩れようがない。これほど確実な秘密保持の方法はないだろう」

恵一はうなずいた。

「なるほど、さすがはタムイだ。それは納得できる理由だな」

「この理由が正しいかどうか、それはわからない。もしかしたらまったく違う理由なのかもしれない。だが、正しいかどうか、というのはさほど意味はない。自分が動く理由は、自分が納得できればいいのだ。自分に直接責任が及ばない次元のことを、重要で高尚なことのように言い立てて、どうやってそれを実現するのか、という実務的な論議を下に見たがる人間はどこにでもいる。だが、軍人は評論家ではない、実務者だ。まず考えるべきは与えられた命題をどう実現するのか、その方法論が重要だというデグル大将の言葉は正しい……とはいえ、そればかりでは息が詰まる。ときにはこうやって、思考の世界に遊ぶのも必要だとわたしは思う」

「それができる余裕がほしいよな……とか言うと、〝余裕ってのはほしがっても手に入らない。自分で作り出すものだ！〟ってデグル大将に怒られるかもしれないけどな」

恵一が笑いながらそう答えたとき、少し離れたところで、こちらを見ていたケイローン軍の佐官が、近づいてきて、小さく敬礼した。

その中佐の階級章と略綬から読み取ったデータを、戦術支援AIが恵一の意識の中に送りこんでくる。

『アオル・イリグス中佐。ケイローン軍統括作戦中央本部所属。粛清者の本拠地に対する攻勢作戦の基本案を立て、その実績により本日付けで昇進。長距離偵察戦闘艦隊総司令部統括参謀として艦隊総旗艦ロンダルに搭乗予定……』

恵一はあらためて、目の前に立つケイローン軍の中佐を見た。年齢は二十代後半だろうか？　ケイローンは年功序列的な人事はやらないとはいえ、この若さで中佐に昇進するというのは、かなり有能な人物なのだろう。体育会系の匂いを感じさせない風貌をしているのは、ケイローン人としては珍しいかもしれない。

イリグス中佐は、恐縮そうな表情で話しかけてきた。

「はじめまして。今回、長距離偵察戦闘艦隊総司令部の統括参謀として、旗艦に乗りこみ、みなさまと共に戦うことになりましたアオル・イリグスと申します。わたしの経歴や部署は、AIから受け取っていらっしゃると思いますので、自己紹介は省略させていただきます。わたしは第三軍に配属されて以来、統括作戦中央本部所属で、過去の戦闘データの分析を行なってまいりました。実を申しますと、実戦経験は一度もありません、ですが、長年にわたって、過去数百年間の粛清者の侵攻の動きや装備の推移に関する情報の分析を行なってまいりました。その経験が役に立つと信じておりますので、どうかよろしくお願いいたします」

恵一はイリグス中佐の経歴データの中にあった、粛清者の本拠地に対する攻勢作戦の基本案を立てた功績、という部分が気になった。

「こちらこそ、よろしくお願いします……」

そう答えて小さく頭を下げたあとで、恵一は聞いた。

「中佐の経歴の中に、粛清者への攻勢作戦の基本案を立てた、というのがありましたが、粛清者の情報がほとんどないなかで、どのような情報をもとに基本案を立案されたのでしょうか。差し支えなければ、参考までにお聞かせ願えますか？」

イリグス中佐は、まいったなあ……という表情で後頭部を掻いた。

「経歴に書かれると、なんだかすごいことをやってきたように見えますけどね。なんのことはない、もし、粛清者に攻勢を仕掛けるとしたら……みたいな仮説を立てて、さまざまな方法論を考える、というシミュレーションゲームみたいなことをやっていただけです。先ほど、そちらの……タムイ中佐と閣下がお話しされていた、息抜きのために思考の世界で遊ぶ、という概念と同じです。遊んでいたら、その遊びが仕事になってしまった、というのが一番正しいかもしれません。ですから、粛清者に関する正確な情報源などというものはありません」

「では、ケイローンに上級種族から特別になんらかの情報がリークされた、ということは？」

「そういう事実はありません。われわれは現在知り得る範囲の情報だけで企画案を作りました……」

イリグス中佐は、きっぱりと否定したあとで、小さく首を左右に傾けた。それは地球の文化で言うところの〝肩をすくめて見せる〟仕草と同じ意味を持っていた。

「ケイローンは中堅種族としてラガンの地位を授かっていますが、この地位は最下層の位で、無位無官よりはマシ、というレベルです。上級種族から見れば、エリルセナント線の先などは粟散辺土《ぞくさんへんど》にすぎないわけで、そんな場所に住んでいる種族などにいちいち説明する必要はない、ということなのでしょう。われわれケイローンにしてみれば、毎度のことなのでさほど気にはなりませんがね。上級種族との接触がほとんどない途上種族の人々には、納得できないのも無理はありません」

恵一は、イリグス中佐の言葉の中にあった〝粟散辺土〟という意味がわからなかったが、その疑問を感知した戦術支援AIが、即座に解説を意識の中に投げこんできた。

『粟散辺土とは、粟粒《あわつぶ》のような小さな国が、辺境に散らばっているようすを表わした言葉。文化果つる土地を意味する一種の蔑称』

「粟散辺土ですか……言われてみればそのとおりとしか言いようがありませんね」

そう言って肩をすくめた恵一を見て、イリグス中佐も苦笑いを浮かべた。

「やんごとなきかたがたの考えることは、われわれにはわかりません。あのかたたちは、想像を絶する長い時間を経ている種族ですから、得ている情報も経験もわれわれとは比べ物にならないのです。大人と子供なんてたとえ話では、比喩にすらなりません」

イリグス中佐はそこで言葉を切ると、少し真剣な表情を作って恵一の顔を見た。

「しかし、積み重なった経験は、習熟を生むのと同時に思考をルーティン化します。ケイローンの軍事ドクトリンには、迎撃作戦しかありませんでした。今回のこの長距離偵察戦闘艦隊の任務は〝迎撃〟ではありません、〝攻勢〟をメインに据えています。ケイローンだけではありません。銀河文明評議会に所属しているどの種族にも、攻勢部隊というものは存在しなかったと言ってもいいでしょう。ケイローンは確かに戦闘の経験値を積んでいます。しかし、その膨大な経験値はすべて防衛戦の経験値であって、攻撃部隊の経験は皆無です。今回の任務において必要になるのは、今までの経験がまったく意味を持たない新しい思考形態です。そう考えたとき、途上種族とケイローンのあいだに能力の差はありません。いや、迎撃戦闘の経験を積んでいないぶん、途上種族のほうが有効な作戦行動を取れる可能性すらある――わたしはそう考えます」

「新しき酒は新しき皮袋に、というわけだな。それは一理ある」

今まで黙ってイリグス中佐の言葉を聴いていたタムイが、つぶやくように答えたとき、料理などが置かれたエリアの向こう側から、数十名の士官たちが、恵一たちのほうに向かってきた。先頭に立ってその人の群れをひきいているのは、コムロット准将だった。

「副官どのが、第二艦隊のメンバーを引き連れて戻ってきたようだな」

タムイの言葉を聞いて、状況を察したイリグス中佐が、恵一に小さく敬礼して言った。

「閣下には第二艦隊司令として、部下との親睦を深める仕事が始まりそうなので、わたしはこれで失礼します。それからタムイ中佐の情報分析参謀の仕事は、仮説を立てて検証していくことです。総司令部の統括参謀として、閣下とタムイ中佐にはこれからさまざまなことでお世話になると思いますので、どうかよろしくお願いします」

「こちらこそ、よろしくお願いします」

「よろしく」

恵一とタムイがそう言って、イリグス中佐との会話を終えるのと、入れ替わるように、コムロット准将がやってきて、恵一に敬礼した。

「第二艦隊所属の各艦の艦長、及び機動戦闘艇搭乗員を集合させました！」

「ご苦労さまです」

「いえ、みな、アリサカ司令にお目にかかりたいと願っていたようでして、ひと声かけるとすぐに集まりました」

准将はそう言って笑った。

恵一は准将の後ろに集まっている士官たちに視線を向けた。それは途上種族だけではない、さまざまな種族の集まりだった。地球人のエミリーもいれば、アロイスのカラムもいる。そして、一見してわかるのは、いずれもみな〝若い〟ということだった。他種族の年齢は外見だけで判断してはいけないのかもしれないが、二十代の者は約半数。残りはみな十代後半の顔をしている。

士官たちの一番前で、嬉しそうに笑っているエミリーの顔を見て、恵一は思った。

――考えてみれば、エミリーだってまだ十代なんだ。ほかの途上種族だって、地球人とほぼ同じ時期に至高者のマインド・リセットを受け、地球と同じようなリフトアッププログラムで将兵を養成してきた種族ならば、同じような年齢の将兵が何人いても不思議はない。

恵一は、士官たちを見まわして、ゆっくりと口を開いた。

「長距離偵察戦闘艦隊、第二艦隊の諸君、わたしがきみたちを指揮する艦隊司令のケイイチ・アリサカ少将だ。こうやって顔を見ると、わたしとともにモルダー星系防衛戦や、地球防衛戦を共に戦った者もいるようで心強い。わたしが戦ったモルダー星系防衛戦と地球防衛戦はともに、勝利することはかなわなかった。もし上級種族の解熱剤の到達があと少し遅ければ、わたしの故郷である地球も、モルダーと同じ運命をたどっただろう。地球防衛戦は勝ったわけではない、負けなかっただけだ。だが、それでいいとわたしは考えている。今回の作戦行動の目的は、基本的にステルス行動に徹した敵情視察による粛清者の実態の把握であり、戦闘の勝利ではない。もし戦闘が行なわれるとしたら、粛清者に発見されて攻撃を受けたときに、最低限の自衛戦闘を行なうだけだ。敵地に赴き、見て、そして還ってくる。それがわれわれの目的だ。この作戦において、諸君らには、より強い忍耐力と、より緻密な周到さが求められるだろう。見てのとおり、諸君らは若い。種族ごとに習俗は違うだろうが、一人前の大人として扱われない年齢の者も多いだろう。若いということは未熟と等しい。だが、それと同時に可能性とも等しいとわたしは思う。年寄りは未来を夢見ることしかできないが、若者はその未来に行ける。粛清者との戦いはこれからも続く。粛清者と人類との戦いの決着がつくのは、果てしない未来の、そのまた先だ。だが人類は、戦いの勝利に向けた新しい一歩を踏み出した。その最初の一歩をしるす栄誉を共に分かち合おう。諸君らとこれから、地球人のあいだに伝わる〝乾杯〟という儀式をしようと思う。これは新たな門出を祝う儀式だ。飲み物の入ったグラスは持ったか？　まだ持っていない者は用意しろ」

恵一の言葉を聞いて、士官たちはそれぞれに料理が置いてある中央のテーブルに向かい、ドリンクバーで飲み物を入れて戻ってきた。

全員がそろったところで、恵一は言葉を続けた。

「乾杯の儀式は、選ばれた人間が〝音頭〟と呼ばれる祝いの言葉を言ってから、全員がグラスを掲げ、〝乾杯〟と唱和してグラスを飲みほす。その〝音頭〟を副官であるコムロット准将にやってもらおう。コムロット准将の出身星系であるモルダーでは、こういうときに唱和する言葉がある。モルダー語で発音すると〝ノガ・ブガ・グルンダ・ジガ〟というこの言葉の意味は、〝未来に繋がる勝利を〟という意味だ。われわれの門出にふさわしいとわたしは思う。さあ、コムロット准将、ここに来て、乾杯の音頭を取ってくれ」

恵一に話をふられたコムロット准将は、一瞬驚いたように目を見開いたあとで、にっこり笑った。

「了解しました！　これがわたしの最初の仕事ですね？」

「そういうことになるな。よろしく頼む」

恵一はそう言うと、一歩下がって、今まで立っていた場所をコムロット准将に譲った。

前に進み出た准将は、グラスを持つ右手を顔の前まで持ち上げて言った。

「アリサカ司令は、わたしの言葉のあとに、全員が〝乾杯〟と唱和するのが地球の流儀だと教えて下さったが、モルダーでは、全員が声を合わせて、〝ノガ・ブガ・グルルンダ・ジガ〟と唱和する。〝未来に繋がる勝利〟を期待するのは、わたしだけではなく、ここにいる全員だ。だから、諸君らもわたしと同じ、〝ノガ・ブガ・グルルンダ・ジガ〟と唱和してほしい。特にモルダー出身の者は、ほかの星系のかたに負けないように、元気よく声に出してくれ。では、行くぞ！」

准将は、手に持ったグラスを高々と掲げて、はっきりとした口調で言った。

「ノガ・ブガ・グルルンダ・ジガ！」

全員があとに続いて唱和した。

「**ノガ・ブガ・グルルンダ・ジガ！**」

そして、准将とともに、グラスの中身を飲みほし終わった全員が、わっと歓声を上げた。

笑顔と拍手の中で、何人か涙ぐんでいる者がいた。泣きながら笑っていた彼らは、おそらくモルダー星系の出身者なのだろう。

懇親会の会場で、突然湧き上がった拍手と歓声に、その場にいた人々の視線が集中した。

長距離偵察戦闘艦隊の総司令官であるロウラン中将も、その一人だった。

「あれは……アリサカ少将か」

傍らにいたイリグス中佐が答えた。

「はい、部下となる第二艦隊の将兵を集め、親睦をはかっているようですね」

「この艦隊の任務は、いわゆる特殊部隊のようなものだ。少数精鋭で緊密なチームを組んで任務をこなすには、まず部下の特性を知らねばならない。同じ種族であっても意思の疎通は難しいのに、今回の編成は他種族との混成部隊だ。まず人心掌握を試みるというのは艦隊指揮官として正しい方策だ。目的のためにまず何をするべきか、その道筋があの男には見えるのだろう。ケイローンの中には、あの男が地球人類をひきいて戦った〝魂の試練〟の成果を、偶然だとか、まぐれだ、とか言うものもいるが、偶然やまぐれで勝ち抜けるほど〝魂の試練〟はヤワなものではない。自分たちの種族の代表として運命を背負って戦い抜き、勝利できる精神力の強さがなければ、勝ち進めるものではない。あの男には先を見る目と、精神力がある。上級種族の選別基準はわれわれにはわからないが、過去における判断は常に正しかった。今回も正しいことを祈ろうではないか」

「わたしもそう思います」

イリグス中佐はそう答えたあとで、若い士官たちに囲まれている恵一を見て考えた。

――ロウラン中将の言うとおり、ここにいる途上種族は、すべて上級種族から名指しで集められた者ばかりだ。なぜ彼らが選抜されたのか、その理由はわれわれにはわからない。彼らには、なんらかの可能性があるのだろうか？　それとも、単に途上種族はコストが低いから使い捨てにしてもかまわない、という理由なのだろうか？　その理由は、粛清者の銀河系に赴いたそのときに、知ることになるのだろう……。

恵一たちが、自分の艦隊の将兵を集めているのを見たのだろう、第一艦隊と第三艦隊の司令官と副官も、声を上げて部下を集め始めていた。

「さて、三つの艦隊ができあがったら、挨拶にまわるとしよう、きみもついてきたまえ」

「了解です！」

イリグス中佐は、そう答えて、ロウラン中将に敬礼した。

2　極秘訓練場QC76

恵一の見ている壁面全体に広がる展望モニターに映し出されている宇宙空間は、今まで見たことのない姿をしていた。そこには、漆黒の宇宙も、白い砂を撒いたように広がる星々の光もなく、ただぼんやりと薄灰色の空間が広がっているだけだ。

その星域は、宇宙に生じた隠れ里のような場所だった。小さな惑星を三つ持つだけの貧弱な恒星系の外周はガス状の濃密な星間物質に覆われ、ほかの星系からは中心部に恒星があること以外、確認できない。発光する雲のように見えるこの恒星系を取り巻く細かな塵や氷の粒からなる星間物質は、本来ならたがいに集まってぶつかり合い、成長して惑星となるはずのものだった。それがなぜ、星間物質のままこの星域を包むように漂っているのか、偶然こういう形で恒星系の生成が中断されてしまったのか、なんらかの人為的な操作が加えられたのか、それはわからない。だが恵一には、この星域が人為的に作られたもののような気がしてならなかった。

恵一が今いるのは、銀河系を構成する渦状肢のもっとも外縁部にある、QC76というコードナンバーしかついていない辺境星系に浮かぶ人工天体だった。星系ナンバーと同じナンバーで呼ばれるこの人工天体には、宇宙船を係留する宇宙港の設備や、それに隣接する整備エリア、そして機動戦闘艇を格納するハンガーなどが設けられており、居住区には、居室のほかに食堂やバー、娯楽室、運動施設などがある。居住区の真ん中には、壁面全体がモニターになっている展望ラウンジがあり、恵一はそこで宇宙空間を映し出したモニターを見上げていた。ソファやサイドテーブル、ドリンクサーバーなどが置かれたそのラウンジは二階建てになっており、二階は佐官以上の階級の者の居住区に繋がり、一階は大尉以下の士官の居住区に繋がっている。

――懇親会が終わったあと、そのままシュリシュクにある蘇生センターに向かったおれたちは、そこで記憶同調処置をうけて、保存されていたオリジナルの身体となって目覚めた。簡単な検査を受けたのち、〝訓練のために辺境星系まで移動する。一時間以内に私物をまとめて、長距離連絡艇に乗りこむように〟と告げられて、宿舎に戻された。ロボと一緒に大慌てで私物を軍用の圧縮ラゲッジバッグに詰めこんで、ロボを連れて長距離連絡艇に乗りこみ、そしてたどり着いたのが、この人工天体だ。施設案内のデータを見ると、基本的な設備とかレイアウトとかは、モルダー星系防衛戦や太陽系防衛戦で艦隊の前進補給基地として使っていた〝泊地《ベース》〟と変わらない。ただこっちのほうが、施設の整備エリアなどがふたまわりほど大きい。これから出撃までの三十日間、この人工天体QC76が、おれたちの家になるというわけか……。

今ごろ、部屋ではロボがラゲッジバッグから衣類や日用品を取り出して、空っぽの私室を生活の場所に変えているだろう。訓練に関するオリエンテーションが始まるまでやることもないのでぼんやりしていたら、ロボに部屋から追い出されちまった……さて、どうやって時間をつぶそうか……。

恵一が展望モニターを見上げてそんなことを考えていると、隣にコムロット准将がやってきて、同じようにモニターを見上げて言った。

「ここから見る宇宙空間は、なんだか不自然な気分になりますね……今まで見てきた宇宙空間と、かけ離れているせいかもしれませんが……」

「この空間は、なんらかの目的を持って作り出された人工の空間かもしれないね……」

そう答えた恵一の言葉を聞いて、准将は怪訝な顔になった。

「なんらかの目的とは？」

「この恒星系の環境から思いつく目的は秘密保持だ。この恒星系は星間物質により覆われていて、星系外から内部のようすはわからない。さらに、光学センサーを妨害する光周波数で発光する阻害粒子を散布すれば、効果は完璧だ。それに帯電した粒子や、発熱粒子などを混ぜれば複合センサーすらも妨害できる」

「なるほど、極秘で訓練するにはもってこいの場所、というわけですね……でも、粛清者《しゆくせいしや》は、人類が棲息可能な惑星を持つ恒星系には探査船を送りこんでくる可能性がありますが、ここのような、人類が棲息不可能な惑星しかない恒星系には、まったく興味を示さないはずですよね？　いったい誰に対して秘密を保持する必要があるのでしょうか？」

「それはわたしも気になっている。こうやって、秘密を作って陰でコソコソ動く、というのは銀河文明評議会の基本的な方針とは正反対のやりかただからね……きっとわれわれの知らないところで何かが動いていて、それは途上種族には知らせたくなかったことなのかもしれないが……」

「知らせたくないことがあると言われると、知りたくなりますね」

「地球には〝好奇心はネコをも殺す〟という言葉があるが、好奇心がなければ、人間もここまで進化しなかっただろう。それが人間の業《ごう》であり、人間を人間足らしめているものかもしれないな……」

恵一はそう言うと、小さく笑った。

気がつくと、ラウンジにいる人の数が増えていた。部屋に荷物を運びこんで、訓練に関するオリエンテーションが始まるまでの時間を持てあました連中が、展望ラウンジにやってきたのだろう。恵一の意識の中で、戦術支援ＡＩがオリエンテーション開始まであと十分を切ったことを告げていた。

准将は、展望ラウンジを見まわして言った。

「しかし、長距離連絡艇の中でも、この訓練施設についての説明は、どこに何がある、という施設案内だけで、なぜこんな場所に訓練施設を設けたのか、そういう説明はいっさいありませんでしたね、与えられたデータは、訓練プログラムの概要だけ……必要なことしか知らせないという銀河文明評議会のやりかたに、ケイローン人は慣れっこなんでしょうね、これくらい当然だ、みたいな顔をしていました。唯一興奮してたのは、長距離連絡艇に乗りこんだときくらいですね」

准将の言葉に、恵一は、長距離連絡艇に乗りこんだロウラン中将やイリグス中佐たちが、まるで生まれて初めて新幹線に乗った修学旅行の中学生のように、落ち着かないようすで客室の中を見まわしていたことを思い出した。

「確かに興奮していたな。なんでもあの種の連絡艇は、上級種族に呼ばれたときにケイローンの国家元首が乗っただけで、ほかの誰も乗ったことがないらしい。つまりこの作戦と訓練には、ケイローンよりはるかに上の種族が関与しているということの証明だな」

恵一がそう答えたとき、意識の中にAIの思念インフォメーションが挿入された。

『まもなく、訓練内容に関するオリエンテーションが開始される。艦隊将兵は、総員、居住区中央にある展望ラウンジに集合せよ』

——AIのインフォメーションを送りこんでくる思念が、完全に命令形だ。ここは訓練エリアだってことを思い知らされる。

恵一がそんなことを考えていると、准将が意外そうな口調で言った。

「オリエンテーションはここでやるみたいですね。居室の感応端末を使った意識空間でやるのだと思っていました」

「わたしもだ。前回の懇親会や、このラウンジでのオリエンテーションとかを見ると、ケイローン派の方針がまた少し変わりつつあるのかもしれないね。直接顔を合わせたほうが、意識空間だけで情報伝達を行なうよりも利点が多いとか、そういう理由があるのかもしれない」

やがて、ラウンジに長距離偵察戦闘艦隊の将兵たちが集まってきた。懇親会で親しくなった者もいれば、昔からの顔なじみもいる。

――懇親会の時は艦隊ごとに集まっていたから、ほかの艦隊に配属になったライラやラクたちとはあまり話ができなかったが、こうやって同じ居住区で暮らしていれば話す機会もあるだろう。次の自由時間にでも、声をかけてみるかな……。

恵一がそんなことを考えていると、壁面全体に広がっている展望スクリーンの映像が、灰色の宇宙空間から、ロウラン中将の映像に切り替わった。

『長距離偵察戦闘艦隊の将兵諸君。長旅ご苦労だった。諸君らは本日より、このQC76星系訓練空域で、実際に艦船に乗りこみ、粛清者の本拠地に侵攻するための戦闘とステルスに関する訓練を受けてもらう。なぜシミュレーションでトレーニングを行なわず、実際の艦船に乗りこむのか、その理由は簡単だ。われわれには時間がない。三十日後には、実戦が待っているのだ。訓練で使用するのは、実際に作戦行動で使用される長距離偵察戦闘用に建造された新型艦であり、設計思想も用兵思想も、今までの戦闘艦とは大きく違う。短時間で習熟度を上げるには、実物に乗りこみ、機器を取り扱い、その特性を意識と身体に叩きこむのだ、それしかない』

ロウラン中将はそこでいったん言葉を切ると、ラウンジに居並ぶ将兵たちを見まわしてから言葉を継いだ。

『諸君らの中には、この人工天体QC76の艦艇係留設備や整備施設に、戦闘艦が一隻も置かれていないことに気がついた者もいるだろう。この訓練施設には、現在、戦闘艦は一隻も配備されていない。諸君らが乗りこむ新型艦は、今、この星域のメインゲートに到着した。その勇姿を諸君らにお見せしよう！』

ロウラン中将の言葉が終わるのと同時に、壁面のモニターに転移ゲートが大写しになった。それは戦場で使われる簡易ゲートではなく、物流のハブとなる基幹星系に設置されている大型のゲートだった。恵一たちの見守るなか、鏡のように滑らかだったリング状のゲート内部に、まるで風が吹き渡ったかのような細かいさざ波が広がり始めた。その波は、見る見るうちに大きく波打つようにゲートの中央から周辺部へと同心円を描いて広がっていく。

「質量転移が始まったな……」

「あの次元断層の状態を見ると、転移してくるのは、かなりの大型艦だな。機動戦闘艇母艦か、それとも戦列艦か……」

ラウンジで展望モニターを見上げていた将兵たちのあいだから、つぶやく声が聞こえる。

最初にゲートの中から出現したのは長細い黒い棒のような物体だった。最初は一本、そしてそのあとを追うようにいくつもの棒が突き出してくる。

「あれは……多重センサーか？」

「ああ、情報収集艦なのかもしれないな……」

だが、その黒いセンサーのような突起のあとに続いて姿を見せた艦の一部を見て、その場にいた全員が息を呑んだ。

それは、真っ黒な、いくつものトゲのような突起を突き出した棘皮《きょくひ》動物に似たシルエットを持っていた。

「粛清者だ！」

誰が最初に叫んだのか、それはわからない。だが、その言葉は電撃のようにラウンジにいる全員の意識の中を駆け抜けた。

「まさか！　そんな！」

「そのまさか、だ！　あのシルエットを見たことがあるはずだ！　あいつは粛清者の旧型機動戦闘艇母艦だぞ！」

その言葉のとおり、ゲートから姿を現わしたのは、真っ黒で、全身に鋭いトゲ状の突起をまとった、オニヒトデを上下に貼り合わせたようなシルエットを持つ大型の粛清者の機動戦闘艇母艦だった。その後方から、さらに小型の後続艦が姿を見せ始めた。それは同じく真っ黒で、長円形の船体に無数のトゲを生やした、粛清者の汎用型駆逐艦だった。

「何をやってるんだ！　警報はどうした！　迎撃システムは！」

「まにあわなくなるぞ！」

そう叫んだ何人かが走り出そうとしたそのとき、意識の中に、今まで聞いてきたインフォメーションとは異なるパターンの思念が挿入された。

『驚かんでよい！　あれこそが、今回の任務のために開発された新型艦だ！　外殻に粛清者艦をそのまま使用した、偽装艦なのだ！』

その思念を受け取るのと同時に、展望モニターに、思念の主らしい、白い髭を蓄えた、ずんぐりむっくりだが、がっしりとした体格を持つ種族が現われた。戦術支援ＡＩが、すかさず人物に関するデータを意識に送りこんできた。

『モニターに投影されているのは、この思念の主であり、上級種族ギームリの統括管理官、グローリン大佐。ギームリはケイローンの直系の始祖種族で二階級上に位置し、技術指導種族としてエリルセナント線上のすべての種族の戦闘用艦船を設計、開発製造にあたっている』

グローリン大佐の思念は続いていた。

『われわれギームリの技術開発部門では、長年にわたって粛清者の艦艇の残骸を回収し、分析を行なってきた。その結果、粛清者の戦闘艦の外殻は金属でもセラミックでもない、特殊な有機物によって形成されていることが判明した。人類の生存圏に棲息している生物で言うと、甲殻類の外殻がもっとも近い。粛清者がどのように宇宙船を建造しているのか判明しないが、なんらかの生物学的手段をとっている可能性がある。そして、これが、今回の作戦の最大の問題であった。欺瞞するために、外見のシルエットをそっくりに偽装することはできても、材質は偽装することができない。光学的なセンサーはクリアできても、光や粒子をあてて判別するアクティブな機能を持つセンサーで確認されれば、その違いは明白だ。そこでわれわれは、回収した粛清者の戦闘艦の残骸を組み合わせて外殻を作り、それをわがほうの戦闘艦の外に被せた。外見が古い粛清者艦である理由は、意図的なものだ。旧式艦の素材を利用することで、粛清者の勢力圏を航行するさいに、漂流する廃船に擬態するためである。廃船を装うために、内部に組みこんである戦闘艦の排熱などの処理に関しては、多重シールドと熱吸収素子を使ったフィルターを組みこんでギリギリまで抑えこんだが、完全な遮蔽は難しかった。われわれも努力したが、長時間にわたる運用試験を行なうだけの時間がなかった。諸君らが見ているあの艦は、いわば試作艦であり、訓練中にさまざまな技術的な問題が発生することが予測されるが、技術的な問題点を洗い出すことも、この訓練の目的のひとつなのだ。われわれはそれに即応する態勢を組んで、この訓練に臨んでいる。訓練中に発生した機器の異常と、運用にさいして判明した問題は即座に報告してほしい。わたしからは以上だ……』

グローリン大佐が映し出された壁面モニターの背景には、大型のメインゲートから、トゲが無数に生えた真っ黒いウニのような粛清者の宇宙船が、次々に姿を現わしていた。

「すげえな……まるで本当に転移攻撃を受けているみたいだな……」

「ああ、正体がわかっていても、気分がいいものじゃない……」

周囲から聞こえてくる同僚のつぶやくような声を聞きながら、恵一は、なぜこの星域が訓練場所に選ばれたのか、その理由がわかったような気がした。

――粛清者は、この銀河系のどこに転移攻撃を仕掛けてくるか予測できない。そのため銀河文明評議会は、この銀河内に無数の早期警戒用の無人探査艇を放ち、ランダムに航行させて警戒網を張り巡らせている。無人探査艇は、粛清者の転移の兆候である重力波の歪みを探知する重力波センサーを始めとするさまざまなセンサーを搭載しており、その中には、敵の姿を認識する光学センサーも含まれている。普通の星域でこの欺瞞用の艦艇を使って訓練を行なえば、味方の探査船のセンサーにひっかかるかもしれない。訓練であることを事前に通達してあったとしても、近隣の星系に警報が出る可能性は高い。この閉鎖的な星系内ならば、星系外を遊弋《ゆうよく》している早期警戒用の無人探査艇の遠距離光学センサーにひっかかる心配はない。

「敵を欺くには、まず味方から……というわけか」

思わずつぶやいた恵一の言葉に、コムロット准将が反応した。

「それは、どういうことでしょうか？」

「隔離されているこの星域を訓練場にした理由だよ。見た目が粛清者そのままのあの艦艇を、普通の星域で、それも集団で編隊を組んだ状態で動かしたら、どうなると思う？」

「なるほど、ここはそのために用意された場所だ、ということですか」

「粛清者に秘密が漏れる心配はないとはいえ、完全にオープンにするわけにもいかない。秘密にする相手は味方の目、というわけさ」

恵一がそう答えたとき、意識の中に艦隊総司令官のロウラン中将の思念が流れた。

『長距離偵察戦闘艦隊の将兵諸君。諸君らの乗りこむ新型艦については、今のグローリン大佐殿のお話のとおりだ。諸君らが乗りこむのはまったく新しい設計思想の艦だ。新兵器につきものの不具合も、おそらく山のようにあるだろう。だがそれは、あの艦に乗りこむ諸君らも同じだ。諸君らも、過去に誰も経験したことのない、まったく新しい運用訓練を受けねばならない。おそらくミスをするものが続出するだろう。こちらで予測して組み上げた訓練プログラムをクリアできないかもしれない。だが、粛清者銀河への出撃の日時は定められている。三十日以内に、偽装戦闘艦と乗組員、その両方を実戦に耐えられるレベルにまで持っていかねばならない。訓練で要求されるレベルはハードで、困難をきわめるかもしれない。だが、訓練で泣けば実戦で笑えるのだ。諸君、ベストをつくせ！　わたしからは以上だ』

ロウラン中将の思念が終わるのと入れ替わるように、ＡＩの思念インフォメーションが恵一の意識の中に入ってきた。

『すべての偽装戦闘艦の詳細データが、データベースにアップされている。各自アクセスし、自分が搭乗する艦のデータを確認せよ。詳細データには、搭載火器、航法装置、操艦システム等に関する基本的なマニュアルと、その訓練用の意識空間内バーチャルトレーニングシステムが含まれている。訓練開始時までに、各自トレーニングを行ない、操艦について最低限の技量を身につけるように。総合訓練開始は十二時間後。食事、睡眠、休憩などの時間配分は各自の裁量とする。これでオリエンテーションを終わる。以上だ』

思念インフォメーションは、実にケイローンらしい素っ気なさで、ぶつん、と切れた。

――地球の士官学校みたいな雰囲気だな。トレーニングを行なう場所はどこも同じ、というわけか。食事の時間や消灯時間を細かく管理しないで、各自の裁量に任せるというのが新兵と違う部分だな。

恵一はそんなことを考えながら、コムロット准将に言った。

「食事と休憩がすんだころに、一度バーチャル空間で、艦隊全員とリンクした指揮運用のシミュレーションをやってみたい。それが可能かどうか、部屋に戻ってトレーニングシステムを確認してから連絡を入れる。各自の自由時間を削ることになるので、艦隊の総員に軽く根まわししておいてくれ」

「了解しました！」

コムロット准将は、そう答えて小さく敬礼した。

私室に戻った恵一は、制服の上着を脱いでロボに渡すと、そのまま執務机の前にすわった。端末を立ち上げる姿を見てロボが聞いた。

『自由時間じゃないの？　お茶でも淹れようかと思ってたんだけど……』

「自由時間という名前の残業さ。残業手当は……そうだな、生存確率上昇ってところかな？」

ロボはため息をついた。

『はあ……軍隊って、ブラック企業の極地にあるよね』

「〝兵は平時においては掌中《しょうちゅう》の珠《たま》のごとく慈《いつく》しみ、戦時においては土くれのごとく扱うべし〟という言葉が古い兵法書の中にあるそうだけど、銀河文明評議会はずっと戦時だからなあ……」

『それって、最初《はな》っから土くれ扱いってことじゃない！』

「いやいや、それは古代中国の兵法書の話だよ。確かに戦闘中は命がけだから、生き延びることが最優先になるけど、実際に交戦中でなければ交替も休暇もあるし、用意されている食事も、こういった居住設備も、かなりレベルが高い。人間を資源と考えたときに、〝限りある資源なんだからたいせつに使おう〟と考えるか、〝人間なんか無尽蔵にいるんだから使い捨ててかまわない〟と考えるか、銀河文明評議会がどっちかと聞かれれば、前者寄りだと思うよ」

恵一はロボにそう答えると、起動した汎用端末から意識空間内のバーチャルトレーニングシステムに意識をリンクした。

『ケイイチ・アリサカ少将の権限確認終了。貴官は、すべてのデータエリア、及びシステムへのアクセスとパラメータ変更が可能である』

トレーニングシステムの管理AIからの返答メッセージを聞きながら、恵一はバーチャルトレーニングシステムの訓練シチュエーションを確認した。

――個艦ごとの操艦戦闘システムはある。僚艦とのネットワークシステムもある。指揮運用システムも……あるな。よし、これで艦隊全員とリンクしたバーチャル空間でのトレーニングができる。

そこまで確認したとき、恵一は指揮運用システムシミュレーションの訓練プログラムの中に、疑似人格を搭載したダミーの艦隊員を使ったローカルシチュエーションがあるのに気がついた。

——実際に艦隊員を使わなくとも、このシステム内だけで独立して運用の基本方法を体感できるというわけか。艦隊員とリンクする前に、概要だけでもつかんでおくとするか……いや、その前に、コムロット准将に連絡を入れて、訓練開始時間を決めなきゃな。

恵一が感応端末を通じて、コムロット准将を呼び出すと、タイムラグなしで即座に准将の姿が意識空間に浮かび出た。

『はい、コムロットです』

『第二艦隊の艦隊員全員で行なうバーチャルシミュレーション訓練は可能だ。食事のあとに行ないたいと思うのだが、何時ごろがいいだろうか？』

コムロット准将は少し考えこむような素振りを見せたあとで答えた。

『そうですね……今が十七時三十分ですから、このあと十八時から食事開始と考えて、一時間後の十九時ではいかがでしょうか？』

『全体訓練の前に、個人レベルの操艦訓練を一、二回やれるくらいの時間があったほうがいいだろう。十九時三十分開始にしよう。全体訓練はおおむね九十分行なうことにして、終了時間は二十一時。入浴や自由時間を二時間取れば、二十三時には就寝できる』

『了解しました、では、そのタイムスケジュールを総員に連絡します』

『よろしく頼む』

コムロット准将は敬礼を返すと、意識空間から姿を消した。だが、恵一の意識の中に准将の思念の感触がかすかに残っている。直接のリンクは切れているが、准将の思念そのものは、意識空間上に存在しており、部下である艦隊員にスケジュールの伝達を行なっているからだろう。

――さて、晩飯を食いに行く前に、一回、シミュレーションをやってみるか……ロウラン中将が、今回の指揮運用システムはまったく新しいものだと言っていたけど、どんなものなんだろう？

恵一は、そんなことを考えながら、トレーニングプログラムからローカルシチュエーションを選択し、訓練時間を実質時間五分、体感時間三十分に指定してログインした。

意識が一瞬、ふっと遠くなるような感覚が襲い、気がつくと、恵一は大きな部屋を見下ろしている自分に気がついた。二階に突き出した恵一のいるブースの下には、半球形のカプセルのようなものが並び、その中にヘッドセットのような器具とゴーグルのようなものを装着した何十人もの人間がすわっている。彼らの前には感応端末の端子が並んでいるコンソールがある。よく見ると、その人々の向こうにも同じような半球形のカプセルがいくつも並んでいるのが見える。

――これが艦隊の総合指揮室なのか？　あそこに並んでいる人間は誰なんだ？　なぜこ

んなに人間がいるんだ?

恵一の意識に浮かんだ疑問に、トレーニングシステムの指導AIが、即座に答えを送りこんできた。

『これは長距離偵察戦闘艦隊の旗艦にある総合指揮室を再現したものである。遠隔コンソールの前にすわっている彼らは、艦隊員であり、彼らはここから各自の乗艦に搭載された同調ドローンを通じて戦列艦や巡航艦、駆逐艦などの艦隊を構成している艦を操艦している』

——アバターを通じて遠隔操作? つまり、実際に乗りこんでいるわけではないのか? なぜ、そのような方法を?

『遠距離偵察戦闘艦隊の脱出方法は、旗艦の艦内に設置された小型ゲートを利用する以外に方法がない。乗組員が個艦ごとに乗りこんでいた場合、脱出は困難をきわめ、事実上不可能である。そのため、艦隊員は全員旗艦に搭乗させている。艦隊員は全員オリジナルであり、オリジナルであるがゆえに、意識感覚を同調させたドローンが使える。これはその利点を生かした方法でもある』

——そうか。つまり、今まで使ってきたアバターシステムの縮小版を、艦隊単位でやろうということなのか。

『概念的には正しい』

指導AIの答えを聞きながら、恵一は考えた。

――ロウラン中将の言うとおり、これは確かに今までの方式とはまったく違う新しいシステムだ。艦隊指揮官であるおれの任務は、敵を攻撃し壊滅させることじゃない。こちらが壊滅することなく、一分一秒でも長く生き延びて、情報を収集することだ。

恵一は指導AIに思念を送った。

――脱出システムの詳細が知りたい。実際に緊急脱出のシチュエーションをバーチャルで再現できるか？

『それは可能である。では視点を、艦内を自由に動けるオブザーバーモードに移行したのち、緊急脱出シチュエーションを開始する』

指導AIの思念と同時に、恵一の視点がふわっと浮き上がった。

――ああ、思い出した。オブザーバーモードというのは、いわゆる幽霊の目線だ。懐かしいな。

『緊急脱出シチュエーション開始！』

指導AIがそう宣言するのと同時に、総合指揮室全体が青い照明に照らし出され、警報音が鳴り響いた。そして遠隔操作を行なっている艦隊員たちがすわっていた半球形のブースの下のほうから、ブースと同じ大きさの半球形のカバーが出現し、くるりと艦隊員を包みこんで、直径二メートルほどの球形のカプセルに変形した。次の瞬間、恵一の意識は総合指揮室を離れ、旗艦の後部エリアにある、艦載型小型ゲートのコントロールルームに飛んでいた。

そこは円盤型の旗艦のほぼ中央に設置されている小型転移ゲートを見下ろす位置にあり、コントロールルームの真下の床面には、リング状の重力波歪曲装置で構成された、直径十五メートルほどの円形の転移ゲートがある。この位置から見下ろすゲートの中には、群青色っぽい鏡のように平滑な平面が広がっている。それはまるで、深い飛びこみ用のプールのように見えた。やがて、恵一の見ている前で、その群青色の平滑なゲート内部に、さざ波のような波紋が生じ始めた。

『ゲート出力上昇、次元断層形成まであと七秒。断層安定用重力アンカー起動！　転移先ゲートとの同調開始。同調率上昇中、現在七十五パーセント！　運用開始まであと三秒！』

恵一は、意識の中に流れるアナウンスを聞きながら、旗艦の構造とスペックを確認していた。

――この旗艦の艦内構造のほとんどは、乗組員の居住施設と、ゲートを動かすためのシステムが占めている。そして搭載されているジェネレーターのエネルギーの七割は、この遠距離のゲート間を接続するための小型ゲートを維持する次元歪曲装置と、それによって生じた次元断層を固定する重力アンカーに使用されているのか。だから、火器と呼べるものは、近接防衛用の高質量散弾を発射する三基のレールガンだけで、ビーム砲などのエネルギー兵器が搭載されていないんだな。常に後方にとどまり、遠隔操縦される戦列艦や巡航艦、機動戦闘艇母艦などを前方に展開し、戦闘はそれに任せる、という戦いかたをするわけか……自分の乗る旗艦だけじゃなくて、自分が指揮運用する艦隊所属艦のそれぞれのスペックや特性もしっかり知っておかないと、効果的に運用できないってことだな。まあそれは、これからの訓練で経験とともに叩きこまれることになるんだろう……。

そんなことを考えていると、恵一が見下ろしている小型ゲートに向かって、ゆっくりとコンテナのような物が動き始めた。

——乗組員ではなく、コンテナを先に脱出させるのか？　優先順位はどうなっているんだろう？

『あのコンテナ内には、収集した粛清者銀河に関するデータと、作戦に従事した将兵の記憶を登録したサイコサーバーが搭載されている。時間的余裕がなく、将兵の脱出がまにあわなかった場合でも、保存された記憶があれば、人格を再構成することが可能だ。人間の行動の根源となる価値観、欲望や衝動を抑制する倫理観などの人格、自我と呼ばれている意識の集合体は、深層意識も含めて、すべて、その人間の記憶によって構成されている。危機的状況におちいった場合、収集した情報と記憶データが最優先でゲートに送られる』

——人間の人格が記憶によって構成されているというのは本当だ。銀河文明評議会が地球人に与えてくれたオーバーテクノロジーの中には、フローターコイルや慣性吸収装置以外に、さまざまな医療技術もあった。老人性認知症の改善薬はそのひとつで、脳の記憶細胞の活性化と、ニューロンの再生をもたらすものだった。老化による物忘れは、記憶が失われることが原因だった。人間の知性や人格は、今まで生きてきた記憶の蓄積、つまり学習してきた経験の上に形成されるもので、それが失われれば、人格も知性も失われるのだ。個人の記憶を、深層意識まで含めてすべて記録できるのならば、人格の再構成は可能なのだろう。

そこまで考えたとき、恵一はひとつのことに気がついた。

――記憶を記録したサイコサーバーを脱出させることができたとしても、オリジナルの身体を持つ艦隊員が脱出できなかった場合はどうなるのだ？　シュリシュクに保管されているアバターが記憶を引き継ぎ、オリジナルの身体と同じ扱いになるのか？　いや、クローンであるアバターには、生物学的な操作が加えられているはずだ。確か、生殖機能がなく、寿命が短いと聞いたことがある。

『アバターは、戦闘用に生産されるクローンであり、生殖細胞を作る機能がなく、戦闘時に使用する思考加速に耐えられるように、神経細胞を特化しているため劣化が早く、三十年程度の寿命しか持たない。脱出に失敗した場合、その者の人格と意識は、シュリシュクで保管されているアバター上に復活するが、通常の形で子孫を残すことは不可能である。

子孫がほしい場合は、配偶者と細胞レベルで融合させたキメラクローンを製造し、育てることになっている。このクローンは、いっさいの遺伝子操作が行なわれておらず、普通の人間と同じ生殖細胞を持ち、寿命も通常の人間と同じである』

指導AIの返答を聞いて、恵一は思った。

――ケイローンは自分たちの母星と星系を失い、ロストゲイアーとなって辛酸を嘗《な》めたあと、生き残ったケイローン人全員を兵士として傭兵国家を作り上げ、銀河文明評議会の指揮下に入って戦い続けてきた。ケイローンの戦いとは、人口の減少との戦いでもあったはずだ。同じようにロストゲイアーとなり、わずか十数万人にまで減少したアロイスが、種族の維持のために、自分たちを遺伝子操作して、両性具有種族に進化させたように、ケイローンはクローン技術を進化させた。ケイローンにとって、クローンは必要不可欠であり、ごく当たり前のことにすぎない……。

『そのとおり。アバター兵士と配偶者とのあいだに生まれるキメラクローンは、ケイローンではごく当たり前の存在であり、このシステムで人工的に生まれる子供も自然に生まれた子供と、なんら区別されていない』

――たしかにケイローンではそうだろう。クローンが必要で、それがなければ種族が滅亡するのだ。そういう状況下では受け入れざるを得なかった、という歴史をもとに、社会的な価値観ができあがっているからだ。だが、地球人やほかの途上種族に、それと同じ価値観を持てというのは、早急にすぎる……つまり、オリジナルの身体を持つ部下たちを、誰一人喪《うしな》うことなくこの任務を達成することがおれに求められている、ということだ。

『クローンは、人口減少への切り札であるのと同時に、傭兵への道を歩み始めたケイローンにとって、必要不可欠のものであった。クローンを使ったアバターシステムは、兵士を死の恐怖から救った。死への恐怖は自己の存在が喪われることへの恐怖である。今ここで自分が死んでも、自分という存在、意識は同一の存在としてクローンに引き継がれる。この安心感が、ケイローンの戦いを支え続けたのだ』

――なるほど、なぜ真っ先に脱出させるのが、乗組員ではなく、収集したデータと乗組員の記憶を記録したサーバーなのか、その理由がわかった……おれはケイローンではないので、感情的にはまだ納得していない部分はあるが、合理的な理由があることは理解した。

恵一がそう思念を返したとき、データコンテナを運搬していたトレーラーの後方が持ち上がり始めた。コンテナはゆっくりと動き出し、やがてトレーラーの上からゲートの中央に固定された亜空間断層の中に落ちて、消えるように飲みこまれていった。トレーラーの後ろには、艦隊員のブースとなっていた球形のカプセルが横二列に並び、脱出の順番を待っていた。恵一の見ている前で、カプセルを保持していたベースの部分からアームが伸び、隣のカプセルと連結し始めた。やがて、艦隊員の乗った脱出カプセルは横二列の状態で六個ずつ、合計十二個でひとつのブロックを形成し、次々にゲートの中に投入され始めた。

――養鶏場が卵をパック詰めにして出荷しているような光景だな……。

恵一がそんなことを考えていると、指導AIが、卵のように見える白い脱出カプセルのシステムについて解説を始めた。

『艦隊員が入っている球形のカプセルは、それ自体に生命維持装置と中立フィールド発生装置が内蔵されており、亜空間内におけるさまざまな重力波の干渉から内部の人間を防護する。先行するデータコンテナには、亜空間内でも作用するガイドビーコンが搭載されているため、十二人単位でブロック化された脱出カプセルは、自動的にデータコンテナに追従して動く。データコンテナ回収用に作られたワラントゲートと呼ばれる特殊なゲートが、われわれが出撃するのと同時に起動し、常時わが艦隊の旗艦に設けられた小型ゲートをトレースしており、脱出後のコンテナ、及びカプセルブロックの回収の成功率は九十パーセントを超えている』

――〝脱出後の捜索、救難回収の手段もちゃんと考えてある〟ということか。人間を資源とみなす考えかたはよくあるが、経験を積んだ人間を創り出すには、長い時間とコストがかかる。人間を無尽蔵に湧き出る石油のような天然資源と同じように考えて浪費すれば、あっというまに枯渇してしまう。プロフェッショナルを一人失ったとき、その穴埋めに未経験の人間を十人注ぎこんでも意味がないということを、ケイローンは経験から知っている。そういうことなんだろう。

恵一はそんなことを考えながら、ゲートに次々に飲みこまれていく脱出ポッドたちを見つめていた。

――旗艦に乗りこんでいる艦隊員全員が脱出し終わるまでの所要時間はどれくらいだ？

『あなたが見ているこのシチュエーションは、脱出シークエンスの解説用に、実際の約三倍の時間で進行している。実際にはこの状況の三分の一の時間で脱出シークエンスは進行し、脱出完了までの所要時間は約四十五秒である』

――艦隊の総員百二十名が、わずか四十五秒で脱出を完了するのか……かなりのスピードだな……しかし、二十四時間、常にブースにすわっているわけじゃない。あそこにすわるのは、戦闘艦を操作するとき、つまり戦闘態勢のときだ。それ以外の、休憩中の場合はどうなるんだ？

『私室、及び当直用のベッドはそのままカプセルに収容される。それ以外の場所、エントランスや食堂などの公共スペースの壁面には脱出ハッチがあり、その中に脱出カプセルが設置されている。戦闘配置時以外の脱出シークエンスでは、総員脱出完了の所要時間は、約一分三十秒となっている』

――やはり少し余分にかかるわけだな。しかし、一分三十秒で脱出できるというのはすごいな……この艦は、緊急脱出システム最優先で設計されたのか？

『そのとおり。本艦の設計時の第一条件は乗務員の確実な脱出である』

――あ、いや、今の思念は半分冗談だ。とはいえ、教えてくれてありがとう。

『礼には及ばない、わたしの仕事だ。さて、あなたが設定した訓練時間の半分以上が過ぎた。次のシチュエーションを指定してほしい』

――では、戦闘艦を遠隔操作する艦隊員の視点を体験したい。どのように動かすのか、艦の挙動が、どの程度フィードバックされるのかを知りたい。

『了解した。では戦列艦艦長の視点に切り替える』

指導ＡＩの思念が返ってくるのと同時に、恵一の視点は、今まで見ていた、旗艦の総合指揮室とはまったく違う、機動戦闘艇のコックピットのような場所に飛んだ。

目の前には小型の三次元立体モニターがあり、左右の指の先にはタッチ式のコントロールパネルがある。恵一が視線を右に振ると、コックピット内の機器がすべて消えて、宇宙空間に生身で浮かんでいるような感覚に包まれた。だが、意識の一部はコックピットの中にいて、三次元立体モニターを通じて自艦の位置を把握している。

『周囲を確認するさいには、光学増幅モードとなり、視界を遮る要素はすべてクリアされる。この機能により、艦隊内における自艦と僚艦との位置関係を感覚的につかむことができる』

――主観的に自艦の位置関係をつかむのと同時に、意識の中に三次元立体モニターで全体を客観的に見る視点が入ってくる。確かに、この状態に慣れれば、位置関係の把握は早いだろう。

恵一は視線を戻して、火器管制システムに移した。意識空間の中に、この艦が備えているすべての火器のリストと概念が提示される。

――戦列艦の割には、ビーム兵器がほとんど搭載されていない……二門だけか。だが出力はとんでもないな。太陽系防衛戦で使われた新型戦艦の主砲の二倍近い。そのぶん発射間隔が長くなっているところを見ると、長距離から、もしくは一撃で相手を沈めるような使いかたが前提で、連射して弾幕を張るような使いかたは最初から考えていないということか。その代わりに実体弾を発射するレールガンは五十五門も搭載されている。いずれも発射速度が速いが、弾体の加速能力はそれほど高くないし、弾体の大きさもさほど大きくはない。近接防衛用レールガンという概念は新しいな。というよりも、火器の役割が今までの戦列艦とは逆なんだ……でも、なぜこんな設計になっているんだろう？　何か理由があるはずだ。

恵一の意識の中に湧いた疑問に、指導ＡＩが即座に答えた。

『長距離偵察戦闘艦隊の偽装艦は、粛清者の戦闘艦の廃艦を使用したものであり、内部動力が停止している状況を偽装する必要がある。そのためエネルギー反応が外にもれぬように出力の小さい小型の動力炉を搭載し、さらに動力炉に何重もの遮蔽を施す必要がある。ビーム砲のようにエネルギーを直接粒子化して発射する兵器は、いちじるしくステルス性に欠けるため、メインウェポンとして搭載しないこととした』

――ビーム砲は搭載するが、派手に撃つわけにはいかない。使うときには一撃必殺で、ということか……連射はできないが、この威力なら使いどころはありそうだ。

恵一はそんなことを考えながら、火器管制システムから戦列艦のコックピットの中に視線を戻した。視線がモニター内のさまざまなアイコンに向くと、そのアイコンがどのシステムのデータを表示するものか、その概念が意識の中に飛びこんでくる。

――生命維持システム……防御シールド出力システム……複合センサーシステム……遮蔽率相互確認システム……ん？　なんだこれ？　これは初めて見るシステムだな。

『それは自艦のステルス効果を、ほかの艦のセンサーによって相互に確認するシステムである。自艦のエネルギー遮蔽がどの程度なのか、そのレベルを確認するために、僚艦のセンサーに自艦がどの程度反応しているのかを知るシステムである』

――自分の艦が他者からどう見られているか、どう映っているかを、他者のセンサーによって確認するシステム、というわけか。おたがいに鏡を持って相手を写しているようなものかもしれないな……。それにしても、こいつはロウラン中将の言うとおり、今までの戦闘艦とは設計の基本概念からして違う。こいつを使いこなして任務を達成するには、今までの作戦行動の方法では絶対に無理だ。使いどころを間違うと確実に失敗するだろう。

だがその半面、特性を理解して使いこなせば、おもしろい戦いかたができそうな気もする。

その使いかたを編み出すのも、訓練の目的だな。

恵一がそこまで考えたとき、指導ＡＩの思念が呼びかけてきた。

『トレーニングシステム起動時に入力された訓練時間が終了する。延長するならば時間とモードを再度入力せよ』

——いや、延長はしない。夕食のあとで、再度起動する予定だ。その時はよろしく頼む。

『了解した、では、これ以降、思念介入権を支援ＡＩに戻す』

指導ＡＩは、思念を送ってくると、すっと消えた。気がつくと、恵一は自室の執務コンソールの前にすわっていた。

——あれ？　いま何時だ？

恵一の意識の中に浮かんだ疑問に、聞き慣れたロボの思念が流れた。

『今は十七時三十五分、もうじき三十六分だよ』

——そうか、ありがとう……というか、ロボ、どうしておまえが意識空間にアクセスしているんだ？　感応端末は使っていないだろう？

『この艦の管理権を持っているＡＩが、共通意識空間の一部をパーソナルドローンに開放してくれたんだ。管理ＡＩ、支援ＡＩが使えないときのバックアップとしてね。だから、もし何かアクシデントがあっても、ボクをリンク端末として使えば、意識空間にアクセス可能だよ。ほかの人のパーソナルドローンにも同じ権限が与えられたから、たとえシステムがダウンしても、パーソナルドローンがいれば、ドローン同士を介して意識空間で相互に意思の疎通がはかれるんだって』

――そうか、二重三重のバックアップを用意しているんだな。使えるものはドローンでも使えってことか……。

『ドローンでも？　でも、ってなんだよ、でも、って！』

「あ、いや別に深い意味はない、というか今回の作戦はそれだけ総力戦なんだな、と思っただけだ」

恵一は慌ててそう言いわけすると、執務机の前から立ち上がった。

「食堂に行って晩飯食ってくる。戻ってきたら十九時三十分からバーチャルトレーニングで艦隊全員の訓練をするから」

『将官以上は食事のデリバリーもしてもらえるし、食材を自室に持ってきてもらえて、ここで料理もできるみたいだけど？』

「へえ、そういうところもケイローンふうなんだな。ケイローンだと少将以上はプライベートトカントニーと呼ばれる専属の従兵がついて、執務室を自分の家みたいに使えるんだ。この先忙しくなればデリバリーを頼むかもしれないし、部下を部屋に呼んでホームパーティみたいなこともするかもしれないけど、今日は初日で、ほかの艦隊の人との顔合わせもあるから、食堂に行くよ」

『わかった。じゃあ、ボクは、パーティのときに、この部屋のキッチンでどんな料理が作れるのか確認しておくよ、行ってらっしゃい！』

恵一はロボに見送られて、司令官居室を出ると、そのまま二階にある佐官以上の階級の者だけが使える上級士官食堂に向かった。

食堂の入り口には給仕ドローンが立っており、恵一の姿を見ると一礼して聞いた。

『司令官閣下には将官用の個室がご用意してございます。ご利用なさいますか？』

「え？　個室？　あ、いや、今日はいい。友人と話がしたいからね」

『かしこまりました。こちらへどうぞ』

給仕ドローンはそう言うと、恵一の前に立って食堂の中に足を進めた。上級士官用食堂の床には、カーペットによく似た深みのある紅色のクッション材が敷き詰められており、並んでいる軽金属っぽい材質のテーブルや椅子には、派手な装飾こそないものの、洗練された工業製品特有の品のよさが感じられる。

——地球なら、きっとこういう場所には、彫刻を施したマホガニーの椅子やテーブルが並んでいるんだろうけど、ケイローンの生活空間にあまりそういうものがないのは、やはり母星を持たないロストゲイアーとしての歴史が長くなって、木材というものと縁がない文化が育ったためなのかもしれない。その代わりに、こういった工業製品を基盤としたインダストリアルデザインが洗練されたのだろうな。

恵一がそんなことを考えていると、少し離れたところで食事をしている二人の女性士官が手を振るのが見えた。それは、第一艦隊に所属しているライラと、第三艦隊に所属しているタフィーだった。

恵一は、自分の前にいる給仕ドローンに言った。

「あそこに友人がいる。彼女たちのグループのところに席を作ってもらえないか？」

給仕ドローンは、ライラとタフィーたちのいる場所を確認すると、小さくうなずいて答えた。

『かしこまりました、ただいま用意いたします』

恵一は、ライラとタフィーに小さく頭を下げて言った。

「申しわけありません。ご同席させていただいて、よろしいでしょうか？」

恵一の言葉を聞いたライラとタフィーは、顔を見合わせたあとで、声を上げて笑った。

「はははは、なによ、その態度！」

「あんた、ホントにケイイチなの？　ニセモノじゃないでしょうね？」

「本物さ。上級士官らしく振る舞おうかと思ってね。どうやらそれが、ここの……いや、ケイローン流の作法らしい」

恵一の言葉を聞いたライラとタフィーは、再び顔を見合わせた。

「そう言われてみればそうね、この上級幹部専用の食堂とか、あっちの奥にある将官専用の個室とか、佐官より下、佐官よりも上、みたいな、はっきりとした扱いの差は感じるわね」

「地球連邦軍の考えかただと、士官、つまり少尉から上と、それ以下の下士官、兵、とのあいだに厳然とした境界線があるんだけど、ケイローンは佐官かそうでないかにラインを引いてるってわけか」

恵一は給仕ドローンが用意した席にすわると、少し真面目な顔になって話し始めた。

「今までおれたちがいた地球軍独立艦隊は、そういう意味で言うと、少し特殊だった。宇宙軍士官学校の生徒と教官だけで編成されたあの艦隊には、下士官も兵もいない。全員が少尉以上の階級だ。まあ、士官学校なんだから当然なんだが……地球連邦軍の階級の区別で言うと、基本的待遇はみな同じだ。個室が与えられるかどうかという違いはあっても、食堂とか、スポーツジムとか、大浴場とか、そういう公共施設は完全に共有だった。よく言えば上下の隔てなく和気あいあいと、悪く言えば馴れ合いのような状態がずっと続いてきた。地球軍独立艦隊は、それがよい方向に作用していたと言えるだろう。でも、この艦隊はそうじゃない。ほかの星系軍の出身者もいっぱいいるし、何よりケイローンの意向が強い艦隊だ。地球軍独立艦隊のつもりでいると、無用な軋轢《あつれき》が生まれるような気がしてね……」

「あんたの常識はわたしの非常識……ってヤツね」

「人間ってこだわる人はこだわるし、そのこだわりのポイントも違うし……難しいよね」

　ライラが、恵一の顔を見て答えた。

「わたしたちって、いわば地球のベンチャー企業みたいなものだったんじゃないかしら？　若手の、なんの経験もないかわりに、才能がありそうな人間だけ集めて、難しいことにチャレンジする……って目的で作られた。そして、その企業のチャレンジがうまくいった、というので、既存の会社と一緒に、大手の会社のプロジェクトに組みこまれた……みたいな」

「なるほどな……おれたちは学生気分の仲間内でやってきた小さな会社ってわけか」

　ライラはうなずいた。

「そうよ、ケイローンは歴史ある大企業。長いあいだに積み重ねてきた慣習とかしきたり、みたいなものがあって当然よ。でも、だからといって、一から十まで、その大企業のやりかたに合わせる必要はないんじゃないかな？　とはいえ、自分流を押し通せってわけじゃないわよ？」

　恵一はうなずいた。

「わかっている。どんなルールでも理由がある。そのルールを守ることでどんなメリットがあり、守らないことでどんなデメリットがあるのか、その目的を知って、自分のルールと比較検討した上で、自分のルールのほうがメリットがあると信じられたときだけ、押し通すよ。自分のルールと違うというだけで、脊髄反射して全否定するようなことはしないつもりだ」

「まあね、ケイイチならそれができると思うけど……」

ライラはそこまで言ってから、タフィーと顔を見合わせて、そのあとに続くであろう言葉を飲みこんだ。

「なんだよ、気になるじゃないか。言いたいことがあれば言ってくれよ」

恵一に答えたのはタフィーだった。

「ライラが言いたかったのは、あなたが来る前に話していた話題のことなのよ、第一艦隊の司令官の話で、あなたの話じゃないわ」

「第一艦隊の司令官？　確か……」

思い出すより早く、支援ＡＩが恵一にその人物のデータを流しこんできた。

『遠距離偵察戦闘艦隊の第一艦隊司令官は、ザーラ・メール少将。ターラント星系出身。現在ターラント星系人はロストゲイアーとしてシュリシュク上のコロニーに居住地を与えられている。親衛義勇軍雷撃艦隊司令官として、モルダー星系防衛戦に参加の経歴あり』

恵一の記憶の中に、自分よりも少し年上で、褐色の肌と灰色の髪を持つ、精力的な風貌の将官の顔が浮かんだ。

「ああ、そうそう、ザーラ・メール少将だった。懇親会で挨拶したけど……あの人がどうかしたの？」

タフィーが困ったような顔になってライラを見ると、ライラは腹を決めたのだろう、小さくうなずいてから話し始めた。

「なんというか、そこにいない人の悪口みたいになっちゃうから、ケイイチには言わないつもりだったんだけどね。まあ、仕方ない、全部話すわ。この長距離偵察戦闘艦隊は、三つの艦隊で編成されているわよね？　三つとも艦種も艦の数もまったく同じ、三つ子みたいな艦隊……ケイイチは、この艦隊編成の意味はなんだと思う？」

「なんの説明もないから、勝手に想像するしかないんだけど、おれは、個体数を増すことで生存性を高めているんじゃないかと考えている。海の魚が、何千、何万と卵を産むのと同じ理由さ。もし、どれか二つの艦隊が壊滅しても、残りの一艦隊が生きて戻れば、任務達成だ。実にシビアな価値観で編制されているんだと思う」

「そうかー、やっぱりそんなふうに、合理的に考えるんだね。さすがはケイイチだわ」

「違うのか？」

驚く恵一を見て、ライラは肩をすくめた。

「うちの第一艦隊の司令官、ザーラ少将は、そんなふうに考えていないわよ。あの人は、この三つの艦隊がまったく同一なのは、競争させるためだって思ってるわ」

「競争？　競争してどうなるっていうんだ？　艦船の偽装、ステルス性を最優先させた設計、用兵思想……どれを見ても、おれたちに求められているのは抜け駆けとか、先取りとか、そういう概念とはまったく無縁の作戦行動だと思うぞ？」

「同じものを見てどういう結論を導き出すかは、人それぞれよ。ザーラ少将はこの艦隊編成を見て、そこにケイローンが自分たちを競わせようとしている、という意図を受け取ったのよ。ザーラ少将は親衛義勇軍の雷撃艦隊司令だった。親衛義勇軍は、シュリシュクのコロニーをケイローンから与えられている、母星を喪ったロストゲイアーの志願者で作られた艦隊よ。彼らの目的はひとつ。ケイローンから高い評価を与えられ、新しい母星をもらうこと。無茶な戦いや不利な戦いでも、ひるむことなく突っこんでいく勇猛果敢な艦隊という評判は、自分たちの母星を獲得するために戦おうとする彼らの決意の高さを示している。でも、ケイローンと親衛義勇軍の関係を別の視点から見れば、ケイローンは新しい母星というエサをチラつかせて、ロストゲイアーたちを競わせていると捉えることもできる。ザーラ少将には、ケイローンは、どの艦隊が粛清者の重要で正確な情報を収集してくるのか、三つの艦隊を競わせている、三つの艦隊の数や構成がすべて同じなのは公平性を保つためだ、と見えるのよ」

「そんなこと、考えたこともなかった……」

ライラはため息をついた。

「でしょうね……欲がないと言えば聞こえはいいけど、なんというか、理性優先で、ゲームのような感覚で戦っているもんね、ケイイチは……出世とか、栄誉とかを第一に考えて、他人を蹴落としてでも上に行く、みたいな生臭い部分がなさすぎるから、ザーラ少将みたいな価値観の人間が考えることがわからないんだと思うわね」

恵一は考えこんだ。

「そうか……いや、教えてくれてありがとう。ザーラ少将がそんなふうに考えているとしたら、敵愾心《てきがいしん》を煽りそうな言動をなるべく避けて、波風立てない……というか、功を譲ることも考えなきゃいけないかもしれないな……」

そのとき、今まで黙ってライラと恵一の会話を聞いていたタフィーが答えた。

「……でも、それって、すごく難しいよ？　立場とかを考えてよっぽどうまくやらないと、功績を譲る行為が、〝施しをしてやる〟というか、〝恵んでやる〟みたいに見えちゃうと、とんでもないことになるからね？」

恵一は、はっと目を見開いた。

「そうか、おれたち地球人はロストゲイアーになりかけたけど、なんとか地球上で生きていけるめどが立ちつつある。母星を失ったロストゲイアーたちから見れば、たまたま運がよかっただけで生き延びたような種族なんだ。そりゃあ、偶然とか運とか、そういうものはどうしようもないわけで、認めるしかないんだけど、感情は納得しない。なんであいつらだけ助かって、おれたちは助からなかったんだ。理不尽だ、ずるい、きっと陰で何か悪いことをしているに違いない……みたいに思われても仕方ないのかもしれない。ましてや、そんな相手から功を譲られたなんてことになったら、プライドはズタズタになる。遺恨を残すなんてものじゃない……」

「そういうこと」

恵一は頭を抱えた。

「うわあ、めんどくせえ！　粛清者の目をどうやって誤魔化して潜入するかとか、どれだけ廃船のふりが通用するのかとか、見つかったらどうやって逃げきるのかとか、脳内リソースはそっち方面だけに使わせてもらいたい！　仲間内の人間関係とか、そういうのは考えなくてもいいことにしてくれないかなあ……」

悩んでいる恵一を横目で見ながら、ライラがタフィーに聞いた。

「あんたのところ……第三艦隊の司令官はどんな人なの？　さっき聞こうとしたときにケイイチが来たから、聞きそびれちゃったけど」

タフィーは小さく首を傾げて答えた。

「ああ、うちの第三艦隊司令のキカミ少将ね。あれは……なんと言ったらいいのかな？ほら、日本のコトワザというか、そういう言葉であるじゃない。〝昼間の街灯〟みたいな言葉……」

「もしかして、〝昼行灯《ひるあんどん》〟か？」

恵一の答えを聞いて、タフィーは嬉しそうにうなずいた。

「そう、それそれ、ひるあんどん！　そんな感じ。なんか、ぼーっとして、つかみどころがないのよ。副官のタップ准将が気がまわるタイプで、先まわりしてなんでもやっちゃうせいなのかもしれないけど、指示も命令も〝各自でよろしくやってください〟みたいなことしか言わないし……年齢も、四十近いし、ケイローンでもあまり最前線で活躍した経歴もないし、なんであの人がこんな任務に抜擢されたんだ？　ってケイローン軍の人も言っているくらいだしね」

　ライラが笑いながら答えた。

「なんだか、うちのザーラ少将とは正反対みたいだね」

「うん、さっきライラからその話聞いて、第一艦隊は大変だなあ……って思ったもの」

　タフィーはそう答えてから、恵一に向きなおった。

「ガリガリの出世亡者とひるあんどんに挟まれて、大変だね、ケイイチは」

「なんだか、いっきに食欲がなくなった……前菜だけ食って帰ろうかな……」

「なに気弱なこと言ってんのよ！　ガッツリ食べて、気力と体力増強しなくっちゃ！　血糖値が下がってちゃ、いい考えも浮かばないわよ？」

「ライラに言われると、なんだかドワーフに説教されているみたいな気分になるな……」

　ライラは、にっこり笑った。

「そうよ、この赤毛のドワーフ娘は、ちょっとやそっとじゃへこたれないの。ケイイチもわたしを見習って、バリバリ前向きでいけばいいのよ。ケンカ売られたら買いなさい。その場しのぎで波風立たせないってのも大事かもしれないけど、譲れないものがあるなら戦わなくっちゃ！」

「前言撤回、ここにいるのはドワーフじゃないや、戦乙女《ヴァルキリー》だ」

「あら、女神にたとえてくれるの？　嬉しいな」

「外見じゃないよ、中身の話」

「どういう意味よ！」

ライラがそう答えたとき、給仕ドローンが、恵一の料理を持ってやってきた。四角い大きなワンプレートの中に仕切りがあって、前菜からデザートまですべての料理が載っている、ケイローンふうの盛りつけだ。肉料理が入っている部分にはヒーターがあって、冷えて脂が固まらないように工夫されているし、足りなければおかわりは自由である。

「味はさほど悪くはないし、シチュー系はじっくり煮こんであるし、サラダは新鮮だし、文句をつける気はないんだが、見た目はいかにも軍隊の食事なんだよなあ……ケイローンの盛りつけって」

恵一がつぶやくと、タフィーが笑いながらうなずいた。

「シュリシュクにいたころ、ファーストフードに行ったら、軽金属のプレスプレートに載っかって出てきたわ。ホント、徹底してるよね。まさに軍事国家ここにあり」

「そうそう、士官学校にいたころ、指導教官だったアロイスの人が、ケイローン・ジョークってのを教えてくれたことがあったな。休暇に家族で湖に行くときに、アロイスは釣り竿とボートを持っていくが、ケイローンは駆潜艇と爆雷を持っていく、っていうやつだ」

「それって、どういう意味？」

不思議そうな顔をするタフィーに、恵一が説明した。

「ケイローンは、〝魚を釣る〟みたいなもどかしいことはしない。湖に爆雷を叩きこんで、水中爆発させて、浮き上がってきた魚を採る。手っ取り早く合理的、だけど風情も何もあったもんじゃないし、レクリエーションの楽しみかたを知らない――そういう意味だと思うね。でも結局のところ、ケイローンはそういう生きかたを選択して、今の地位にたどり着いて、シュリシュクみたいなとんでもないコロニーを作り上げるだけの力を持ったわけで、そう考えると、笑い飛ばす気にはならないな。そのジョークも笑うというよりも揶揄《やゆ》するようなニュアンスなんだろうね。なんというか、アロイスも結構したたかなところがあって、そう考えると、途上種族は地球人も含めてまだまだ子供だよ」

ライラは笑った。

「じゃあ、ケイイチはなんで艦隊司令官やれるの？　子供が大人に命令してるってこと？」

恵一はうなずいた。

「そうだよ、よくいるだろう？　チェスとか囲碁で、大人を負かす子供が。いわばあれがおれなんだろうな。チェス盤の上、碁盤の上では年齢も経歴も関係ない。頭の回転だけが勝負を決める。テクノロジーが進化すると、実際の戦争はどんどんゲームに近くなっていくと言われていたけど、そのとおりだと思うね。まあ、ほかの艦隊司令官の癖も、それにどう対応すればいいかも、全部明日からの訓練でわかるさ」

ライラはいたずらっぽい目で恵一に言った。

「明日から訓練漬けの日々が始まるんでしょ？　今夜は気晴らしに、どこかに行かない？　ラウンジとか、結構いいムードみたいよ？」

「あ、ごめん。このあと、おれの艦隊員全員と、バーチャルトレーニングシステム使って、艦隊運用訓練をやる予定が入ってるんだ。誘ってもらって悪いけど、また今度ってことで……」

明らかに不機嫌になるライラを見て、タフィーが笑った。

「ケイイチって、もしこの世にフラグクラッシュってゲームがあったら、絶対マスタークラスだね」

「うるさいわね！　それ、褒め言葉でもなんでもないから！」

「ああ、怖い怖い……というわけで、わたしたちはラウンジに行くから、訓練がんばってね」

そう言って立ち上がったタフィーに腕をつかまれたライラは一瞬、ムッとしたような顔になったが、タフィーの気持ちに気がついたのだろう、ふっと表情を緩めた。

「わかったわよ。その代わり、愚痴に付き合ってよ？」

「そりゃあもう、慣れてますから」

タフィーは笑いながらそう答えると、恵一に小さく手を振って、ライラとともに食堂を出ていった。

二人を見送った恵一は、小さくため息をついた。

——ライラの好意は、時々重いと思うこともあるけど、本当にありがたいときもある。寄せられた好意に、なんらかの答えを出さなきゃいけないとは思っているんだけど。そっち方面の経験は皆無だし、人間関係に脳内リソースを使いたくないと本気で考えている部分もある……まあいいや、そういうことは全部、目の前の課題を片づけてからだ……。

そう考えたあとで、恵一はふっと思った。

——目の前の課題が、全部片づくことなんてあるのだろうか？　そんな瞬間は死ぬまで訪れないんじゃないのか？

恵一は、その考えを振り飛ばすように、小さく首を振った。

——ネガティブになるな。未来に起こるかもしれない嫌なことを予測して、それに備えておくのは大事だ。でも、その嫌なことを自分の中で育てちゃダメだ。ましてやそれに怯えるようになったら、どうしようもない。

「なるようになる。なるようにする。つまりはそういうこと」

恵一は自分に言い聞かせるように、そうつぶやくと、残りの夕食を食べ始めた。

3　ステルス

『第二艦隊が目標警戒エリアに到達するまで、あと三十二秒』

　意識の中に響く戦術支援AIの報告を聞きながら、恵一は第二艦隊の全艦長に対し、矢継ぎ早に命令を下した。

『ライン到達十秒前に、現在行なわれている思考ブースト速度を、さらに五十パーセント上昇』

『各艦は遮蔽率相互確認システムを起動してデータ通信を行ない、自艦の遮蔽率を確認せよ！』

『大型艦は艦型シルエットの輪郭を歪め、廃船偽装にリアリズムを持たせるために、艦の周囲に偽装用の破片デブリを放出せよ』

『警戒エリア到達五秒前に、推進機のエネルギーを遮蔽し、慣性航行に移る。別命あるまで、その状態で航行を続けよ』

　命令を発した恵一の見ているモニターには、ゆっくりと第三惑星に向かって進みつづけている第二艦隊の姿があった。

真っ黒でトゲトゲのいっぱいついた小型艦や、オニヒトデを上下に貼り合わせたような戦列艦の群れは、どれも側面や前面に大きな破口を開けて艦体がねじ曲がっており、見るからに廃船にしか見えない姿をしている。

「初日から潜入訓練をさせられるとは思いませんでしたね……」

恵一の隣で、艦隊全体から漏れ出るエネルギーの総量を計算していたコムロット准将がつぶやくように言った。

「訓練期間は三十日と決められているからね。それまでに全員の錬度を上げなくちゃならない。となれば実戦形式の訓練をやるのが手っ取り早い、ということなんだろう……艦隊の漏出エネルギーの数値はどれくらいだ？」

「現在、わが艦隊全体の漏出エネルギーの合計は、熱量にして……そうですね、飲みごろのお茶が入ったティーポット百個ほどです。百隻近い戦闘艦が集まっているとは思えない数字です」

「それだけ遮蔽について重点をおいた設計がされている、ということなんだろうな……あ、そうそう、言い忘れていたが、第二艦隊全体の状況と、作戦行動に関する情報アクセス権を、艦隊司令権限できみにも開放してある。何かアクシデントがあったときに、きみに司令官代理として、この第二艦隊を指揮してもらわなくてはならないからね」

「よろしいのですか？　司令官権限とはいえ、作戦行動に関する詳細な情報をそんなにあっさりと開放してしまっては……」

「上のほうが握っている情報なんてさほど重要じゃない。作戦遂行に関する一番重要な情報ってのは、現場が握っているものさ。上層部に求められる資質というのは、現場の情報をどれだけ吸い上げることができるか、という部分だ。責任逃れが大好きな連中は、確信情報周辺のなんでもない情報まで、広範囲に全部機密指定しようとする。機密機密でがんじがらめに締めつけられた組織では、いい情報も悪い情報も流れなくなっていく。権限解除には、それを避ける意味もある」

恵一はそう答えると、三次元立体モニターに表示されている訓練星域の全体図に視線を移した。

そこには、中心に位置する恒星の周囲をまわる三つの惑星が表示されている。この星系には恒星を周回する惑星が三つしかない。第三惑星の外側には、惑星になりそこねた細かな塵や小惑星が、公転軌道に沿って帯状に漂っており、惑星の重力に引かれたものは、第三惑星の周囲に大きな輪を作っている。恵一たちが臨んでいる訓練の想定は、粛清者《しゅくせいしゃ》が星系内に設置した監視衛星の警戒網を突破して、艦隊を第三惑星を周回する輪の中まで侵入させる、というものだった。警戒エリアを運用しているのは粛清者を想定して作られたＡＩであり、便宜的に〝アドバーサリー〟と呼ばれている。この訓練用のＡＩは、銀河文明評議会の序列で言うと、ケイローンよりもはるかに上の〝ジュバック〟と呼ばれる地位にある上級種族が作成し、今回の訓練のためにケイローンに与えたものらしい。

訓練は、第一艦隊から艦隊単位で行なわれ、最初にチャレンジした第一艦隊は、第三惑星の手前にある警戒エリアにひっかかり、訓練状況中止になっていた。

恵一は、自分の艦隊を光学モニターに映し出した。

百隻近い艦隊だが、見た目は廃艦、残骸などが混じった雑多な漂流物の群れに見える。

――警戒エリアの光学センサーは、おそらく問題なくクリアするはずだ。エネルギーの遮蔽もうまくいっている。どう見ても問題ないように見えるが、これと同じやりかたで接近した第一艦隊は、警戒システムを起動させてしまった。つまり、このまま進めば、おれたちも同じ結果になるだろう。

恵一は顔を上げて、コムロット准将に聞いた。

「この先にある仮想粛清者の警戒システムは、何を見ていると思う？」

「何を見るか……つまりセンサーの種類ですか？」

「それもあるが、単に数値だけを判断基準にしているとは思えないんだ。そんな簡単なシステムなら、第一艦隊は容易に侵入できたはずだ。彼らだって、われわれと同じように、遮蔽率には細心の注意を払っていたはずだ。しかし、彼らは警戒エリアに侵入した直後に警戒システムを起働させてしまった……彼らのどこに、警戒システムを作動させる問題点があったのだろう？　それはつまり、見た目とか遮蔽とかそういう次元ではない、何か別のフィルターがあって、それにひっかかった、ということだと思う」

「センサーの数値を複合的に見て、侵入者と判断するアルゴリズムがあるはずだ、ということですか？」

「光学センサーのシルエットは、受領した偽装艦そのままだ。外見をアレンジすることはできない。エネルギーの遮蔽もそうだ。スペックを変えることはできない。だとしたら、あとは運用だ。偽装艦をどう動かすのか、そこを見ているに違いない。何かがあるはずだ。こうやって自分たちの艦隊の動きを見て、何か不自然に見える部分はないか？」

「不自然に……ですか？」

コムロット准将は、光学モニターに映し出された第二艦隊の映像をじっと見つめたあとで、小さく首を振った。

「特に不自然な動きはありませんね、整然と動いています」

コムロット准将の言葉のとおり、光学モニターに映し出されている第二艦隊の各艦は、ほぼ等速で宇宙空間を移動している。

その時、モニターの中で何かが右から左へと動いた。それは、たまたまその空間に浮かんでいた、微細なデブリのような物体が、モニターを横切った映像だった。

その光景を見た恵一の意識の中に何かがひっかかった。

――あれ？　なんだ？　この違和感は……今のは、ただのデブリ……野球のボールくらいしかない隕石のようなものが、目の前を横切っただけだぞ？　それが、なぜ、妙に感じたんだ？　何も不自然なことは……。

恵一はそこまで考えてから、はっと小さく目を見開いた。

――違う！　今のデブリこそが自然な動きなんだ！　廃艦の群れ、漂流物の群れが、同じような間隔を保って、同じような速度で動くことのほうが不自然なんだ！

恵一は思念リンクを使って、艦隊各艦の艦長に向かって思念命令を飛ばした。

『各艦に伝達！　等速航行を中止！　個艦ごとに、指定航行速度プラスマイナス十三パーセントの範囲内でランダムに速度を変更し、各艦の間隔を今の二倍以上に広げろ！　急げ！』

その命令が飛ぶのと同時に、整然と動いていた艦隊の各艦がいっせいに動き始めた。遅くなった艦もあれば速くなった艦もいるため、遠くから見ると、ゆっくりと間隔を広げていく第二艦隊の姿は、不定形に姿を変えるアメーバのように見えた。

艦隊全体が不定形の雲のようになったのを確認した恵一は、再び思念命令を飛ばした。

『各艦加速、及び減速を中止！　今の速度を保ったまま慣性航法で第三惑星の警戒エリアに向かう！　加減速のさいに使用した動力炉のエネルギー遮蔽を再度確認し、熱源の冷却を行なえ！』

光学モニターを見つめていたコムロット准将が、つぶやくように言った。

「そうか……整然と動く普通の艦隊行動こそが、不自然だったのか……」

「そうだ。今のおれたちが頭に思い浮かべるべき艦隊行動は、緩やかな川に流され、その淀みに漂う落ち葉や木っ端の群れだ。意志あるもののようにアクティブに動いてはダメなんだ」

そのとき、意識空間に、雷撃艦隊に所属する駆逐艦の艦長から緊急思念が飛びこんできた。

『駆逐艦十八号艦長、ラルゲ中尉より緊急報告！　加減速のタイミングが合わず、このまま慣性航行を続けると、先行する軽巡航艦十三号に追突します！　回避、もしくは減速の許可を！』

駆逐艦十八号の位置座標を確認しようとした恵一の意思を読み取った支援ＡＩが、即座に駆逐艦十八号と軽巡航艦十三号の個別データと、位置関係の座標、そしてその近くに位置する僚艦の光学センサーの映像を恵一の意識の中に投影した。

――〝打てば響く〟ということわざがあるけど、こいつは打つ前に響く鐘のようなシステムだな。頼りになるけど、常に意識の中を探られていると感じる人には、嫌われそうだ。

恵一は頭の隅のほうでそんなことを考えながら、意識の中に流れこんできたデータを確認した。

――相対速度から予測される接触箇所、外部偽装の損傷程度、エネルギー遮蔽係数の推移……いずれの数字も、思ったよりも少なくてすみそうだ。粛清者艦特有の外部のトゲトゲが干渉して、艦体の深部にまでダメージがいかないのかもしれない。

恵一は即座に思念命令を返した。

『駆逐艦十八号艦長、及び軽巡航艦十三号艦長に命令。貴艦らは、どちらも回避及び加減速をしてはならない。駆逐艦十八号は、そのまま先行する軽巡航艦十三号の後部に接触せよ。放棄され浮遊状態にある廃艦にあっては、艦同士の接触は通常のことであり、搭乗員はドローンであり人的被害は皆無である。双方ともに、接触後に自艦を精査し、ダメージリポートを司令部まで送れ。以上だ』

『駆逐艦十八号、了解！』『軽巡航艦十三号了解！』

命令に復命したあとで、駆逐艦十八号の艦長であるラルゲ中尉の思念が漏れ出てきた。

『――乗ってるのはドローンだけど、感覚はそのまま自分だからなあ……ぶつかるのを黙って見ているだけってのは、気分がいいものじゃないよなあ……』

その思念に衝突する相手の軽巡航艦十三号の艦長の思念が返ってきた。

『普通の訓練中に接触事故を起こしたら説諭処分モノだが、今回は艦隊司令官のお墨つきで、正々堂々ぶつかれるんだ。こんな経験はめったにない。楽しんだほうがいいぞ』

『そう言ってもらえると気が楽です。では、ご迷惑おかけします……』

そのラルゲ中尉の思念と同時に、恵一の目の前にある光学モニターの中で二隻の偽装艦が接触した。相対速度がさほど大きくなかったためだろう、それは衝突というよりもぐりぐりと食いこんでいくような動きだった。黒いトゲのような部分が砕け散り、細かい破片を周囲に撒き散らしながら、トゲ同士が嚙み合っていく。

たがいのトゲの先が相手の船体に食いこむかどうか、というギリギリのところで、艦の動きがとまった。それは親ウニの上に子供のウニが乗っかっているような光景だった。

『こちら駆逐艦十八号、艦が停止しました。ダメージリポートを送ります』

『こちら軽巡航艦十三号、こちらもダメージリポートを送ります』

二人の思念と同時に、損傷箇所と、損傷のレベル、それに伴う戦闘能力低下の割合などのデータが意識空間上のモニターに表示された。

――両艦ともに光学センサーの損傷率、複合センサーの損傷率が高いが、センサーのデータは艦隊全艦のセンサーデータを統合し、映像や数値にして投影するシステムだから、個艦のセンサーが損傷したとしても、リンクが生きているかぎり周囲の状況がわからなくなるわけではない……推進機と遮蔽率も規定内に収まっている。問題は、戦闘状態になったときに、切り離し可能かどうかだが……。

恵一の思考を受け取った戦術支援AIが、即座に衝突した双方の艦の構造図とダメージ部分を示した。

『損傷部分は、偽装外殻の部分でとまっています。戦闘時には外殻の一部をパージすることで離脱可能と思料《しりょう》されます』

『了解した』

恵一はAIに短く思念を返すと、衝突した二隻の艦長たちの意識空間に思念をリンクした。

『司令官より駆逐艦十八号、及び軽巡航艦十三号艦長に伝達。両艦は現状のままで、警戒エリアを越えるものとする。ここで離脱させると、破損した偽装外殻から内部が見える可能性がある。両艦ともに、破損した部分にあるモジュール回路を切断し、電磁波等の漏出を最小限にくいとめろ。演習が進行した場合、警戒エリア突破後に模擬戦闘が控えている可能性がある。そのさいは偽装外殻をパージして離脱し、戦闘に参加せよ』

『駆逐艦十八号了解!』『軽巡航艦十三号了解!』

恵一は第二艦隊に所属する全艦の艦長に向かって思念命令を飛ばした。

『第二艦隊司令より全艦長に通達。今回と同様に艦隊内において接触、衝突事案が発生する可能性がある異常接近事案が発生した場合は、いっさいの回避離脱行動を取ることなく、艦をそのままの速度、方向で接触させ、その状態で放置せよ。艦隊損傷の責任は、すべてわたしが負う。この通達に対して返信は不要だ』

恵一は、艦隊にリンクしていた自分の思念を、総合指揮用の意識空間に切り替えて、目の前に存在するであろう敵のＡＩ、アドバーサリーの警戒エリアに振り向けた。

警戒エリアに近づくかなり前から、恵一は艦隊各艦の持つアクティブセンサーを停止させ、パッシブセンサーのみを稼働させている。各艦が、光学センサーを始めとする各種のパッシブセンサーで収集したすべてのデータは、この旗艦で処理され、恵一の前に提示されている。

恵一は光学センサーの映像の上に、重力波センサーによる重力の強弱を色で示す半透明のレイヤーを重ねた。第三惑星の周囲をまわる輪の質量が生み出す重力が青く映し出され、公転を続ける第三惑星の動きに合わせて動く輪を示す青い帯に向かって、いくつもの白い帯状の部分が見える。

――重力が強く、よそから宇宙空間を漂う浮遊物を引き寄せる場所は、動かなければ流れのようなものはできにくい。だが、惑星は恒星の周りを公転する。木星並みの質量を持つ大型惑星である第三惑星が動くことで、この宇宙空間には重力の流れのようなものができている。つまり弱いところから強いところへと向かう力がある。あの流れに沿って動いていくことで、より自然に近く第三惑星の輪に到達できるはずだ。

恵一がそこまで考えたとき、意識の中に戦術支援ＡＩの報告が飛びこんできた。

『警戒エリアの推定位置まで、あと十秒です。思考ブーストをさらに五十パーセント上昇します』

その報告と同時に、今まで見ていた重力の流れを示す画面が、ずん、と重くなった。それは重くなったのではなく、認識する脳の効率が上がり、思考が加速し、時間の流れが冗長化したために起きた現象だった。

『五秒後に推進装置の稼働を停止し、慣性航法で警戒エリアに侵入する。各艦ともに遮蔽レベルを再確認しろ！』

艦隊の前方モニターに投影された、予想警戒エリアを示すうす青い壁が、ゆっくりと近づいてくるように見える。実際にはかなりの速度で向かっているのだが、思考ブーストがその速度を感じさせない。

『第二艦隊が、警戒エリア側からどう見えるのか、それを投影してくれ』

『了解しました』

そのメッセージと同時に、意識空間の中に、不定形の、引き伸ばされたアメーバのような図形が浮かび上がった。それは、それぞれの艦の相互位置関係を座標化し、立体化したモデルだった。恵一はその図形を拡大した。点で表示されていた部分が、戦列艦や駆逐艦のシルエットを持ちはじめると、細かな動きまでわかる。大小さまざまな艦が、流れる水面に浮かぶゴミのように細かく前後左右に動き、たがいにくっついたり離れたりしながら動いていく。単に重力に従って動くだけで、なんの意志も感じられないその動きには、まったく人為的な印象がなかった。

恵一とともにその画像を見ていたコムロット准将が、感嘆した、というよりも半分呆れたような口調でつぶやくように言った。

「誰がどう見ても漂流物の群れですね、わが艦隊は……」

「歴史上もっとも統率が取れていない艦隊として名が残るかもしれないな……」

恵一はそう答えたあとで、もう一度メインモニターに映し出された警戒エリアを示す青い壁を見つめた。

——実際には光学センサーにしろ、電磁波や磁力を検知するセンサーにしろ、その感度に明確な境界線があるわけではない。これはあくまでも観念上の物で、演習を成立させるためのモデルだ。〝ここから探知を開始してやるから、ここに来る前に充分対策をしておけ〟という、訓練というシステムのために作られた境界線だ。実戦ならば、粛清者銀河のどこかに転移したその瞬間から、粛清者の警戒網との戦いが始まることになる。

『警戒エリア接触五秒前、推進機停止、反応炉を完全遮蔽し、エネルギーバッテリーによる予備システムを稼働し、艦内環境をセーフモードに移行します』

戦術支援AIの報告と同時に、恵一のいる総合指揮室全体の照明が落ち、壁面にあるモニターのいくつかが消えた。

——この艦のエネルギーバッテリーは、生命維持装置とパッシブセンサーだけを稼働させたこの状態ならば、二百四十時間以上持つように設計されている。つまり、十日間にわたって、宇宙空間の片隅に身を潜め、情報を収集し続けることができる、というわけだ。本来ならば、その種の任務は小型の情報収集艦が行なうべきもので、艦隊旗艦の仕事ではない。そういった機能をこの艦に与えたのは、この艦以外を無人化したことと関連があるのだろう。艦隊に所属している艦のスペックは、この旗艦も含めてすべて公開されている。だが、どう使うか、その運用についての項目は空白だった。それはつまり、運用法も含めて自分で見つけ出して身につけろ、ということだ。艦隊を構成する戦闘艦、戦列艦や巡航艦、駆逐艦などの艦長の戦術支援AIは、どんな場合でも、何をどうすればいいかを即座に教えてくれる頼りになる存在だ。だが、その恩恵は、艦隊司令官であるおれにはない。

恵一がそんなことを考えていると、戦術支援AIが、意識の中に報告を投げこんできた。

『まもなく、艦隊を構成する先頭艦が、想定警戒エリアに到達します』

『いよいよだな……』

恵一の思念に、コムロット准将が答えた。

『艦隊隊形はないも同然で、前後に長く引き伸ばされていますから、エリア内に艦隊全体が入るまで、十五秒が必要です……警戒エリアを運用しているアドバーサリーが、われわれにダメ出しをするとしたら、いつごろでしょう？』

『第一艦隊は、艦隊の先頭艦がエリアに入ったのと同時にアドバーサリーが敵探知を告げて、状況中止が告げられた。もしこの艦隊隊形が通用しなかったら、おそらく第一艦隊と同じ目に遭うだろうな……』

恵一はそこで思念を切ると、意識空間の中に表示されている警戒エリア接触までの時間と、艦隊の先頭艦からエリアの境界線までの距離を示す数字を確認した。

時間はすでに一秒を割りこみ、距離を示す数字は流れるように数字を減らしていく。思考ブーストがかけられていなければ、それはまさに瞬時の出来事だったに違いない。

恵一の意識の中で、カウントダウンする時間と、距離の数字がきっかりゼロを示したとき、意識空間に戦術支援ＡＩの報告が響いた。

『艦隊の先頭が警戒エリアに入りました』

恵一は、意識空間のモニターを見つめたまま黙りこんだ。艦隊の誰もが無言で待ち続けた。いつアドバーサリーが警告を発するのか、いつ指導ＡＩが状況中止を告げるのか……。

だが、なんの反応もないまま、時間だけが過ぎていった。やがて、前後に細長く伸びた艦隊の前半分が警戒エリア内に入ったころ、艦隊外周に配置された、ピケット艦である情報収集型駆逐艦の艦長から報告が飛びこんできた。

『接近する物体あり！　敵の探査艇と思われます、映像を送ります』

報告と共に、意識空間のモニターに、画像処理された少しザラついた映像が浮かび上がった。それは、船体から小さなトゲを無数に突き出した真っ黒な紡錘形の物体で、先端にあたる部分には、センサーと思われる黒光りした半球形の大きなドームが三つ、そしてその下には小さなドームが八つ並び、一見してクモの複眼を思わせるデザインである。それは粛清者の汎用探査艇として識別表に掲載されているものと、まったく同じデザインだった。

その映像を見た全員の意識の中に浮かんだ疑問を代表するような形で、コムロット准将が聞いた。

「まさか……本物じゃないですよね？」

「外見を本物そっくりに作ったんだろうな。ギームリという種族が職人魂出して、無駄に凝った作りにしたんじゃないかな。おそらく中身はわれわれの艦と同じはずだ」

「あいつがこっちに向かってくる、ということは発覚したのでしょうか？」

不安そうにきいたコムロット准将に、恵一は小さく首を振った。

「いや、発覚したのなら、即座に警報が出て、状況中止が告げられるだろう。そうじゃないということは、警報を発するには至らないレベルの、なんらかの疑惑を抱いた、ということなんだと思う」

「なんでしょうね？　疑惑を抱いた点は……どこからどう見ても、漂流物がまとまって漂っているようにしか見えないんですが……」

コムロット准将はしばらく無言で、艦隊全体を映し出しているモニターの映像を見ていたが、やがてハッとしたように小声で言った。

「この漂流物の偽装ですが……漂流物は粛清者艦だけ……細かな破片も無数にありますが、その破片も全部粛清者艦の外殻の破片で、それ以外の材質……小惑星や隕石、氷などが、ほとんど含まれていません……」

恵一は急いで光学モニターに映し出された艦隊の映像を確認した。コムロット准将の言葉のとおり、恵一たち第二艦隊は、粛清者艦の残骸だけでできあがった、きわめて不自然な漂流物の塊だった。

「そうだった。ここに来るまでに、同じような浮遊物の集合塊と、何度もすれ違った。あのときに、岩塊や氷の欠片を回収して、艦隊の周囲に浮かべておけばよかったんだ！　その機会は何度もあったはずだ！　くそ！」

自分の迂闊《うかつ》さを責める恵一に、コムロット准将が言った。

「まだ、訓練状況中止の裁定は下っていません。演習は続行中です！　ああすればよかった、と自分を責めるのは失敗してからでいいではありませんか！」

その言葉で、恵一は落ち着きを取り戻した。

「ああ、そのとおりだ、演習は続行中だ、よけいなことを考えている暇などなかった。だが……目の前にもっとよい手段があったのに、それに気がつかなかった自分が許せなくてね……」

「完璧主義ですね、アリサカ司令官は……わたしなんか。ここまでエリア内にくいこめて、なおかつ警報を出されていないというだけで充分だと思います。今回が初回なんですから……演習ってのは、ダメ出しされて、何度もやりなおしていいんです。実戦で結果が出せればそれで目的は達成できるんですから、もっと、こう、余裕余裕って顔でいきましょう」

恵一は苦笑を浮かべてうなずいた。

「まったくだ。指揮官が余裕を失っては何もかもダメになる。ありがとう」

「いえ、どういたしまして……」

コムロット准将がそう返したとき、外周のピケット艦から報告が入った。

『粛清者の探査艇がもう一隻来ます！』

その報告のとおり、メインモニターには、こちらに向かってくる、もう一隻の探査艇が映し出されていた。

「アドバーサリーは、完全に疑ってかかっていますね……でも、なぜ警報を発しないのでしょう？」

コムロット准将の問いに、恵一は自分の考えをまとめるかのように、ゆっくりとした口調で答えた。

「この艦隊のように、損傷艦や廃艦を大量に廃棄することは、ありえないわけではない。ということなんだろう……漂流物の群れとして見れば不自然でも、廃棄物の群れとして考えれば自然なことだ。アドバーサリーは疑念を抱いたが、侵入をはかろうとする敵だとわれわれを認めるには、情報量が少ないと判断したに違いない。だからこそああやって、探査艇を二隻差し向けて、遠くから見ただけではわからない情報を確認にきた、というわけだ」

「どのように対処いたしましょうか？」

「わたしも、それをずっと考えていたんだが……」

恵一はそこで思念会話を切ると、戦術支援AIを呼び出して聞いた。

『偽装戦闘艦に乗りこんでいるドローンは、生命維持装置を含む戦闘艦の全機能を停止した場合、機能に支障が出るか？』

『操縦用のドローンは、操縦者との感応状態において違和感による支障が出ないように、生体有機部品を数多く使用しております。宇宙船の全機能が停止した状況下に置かれますと、低温と凍結のため機能不全を起こします』

『どれくらい耐えられる？』

『約八時間は機能を保ったまま行動できますが、それ以降は徐々に行動に支障をきたし、十六時間で、ほぼ機能を停止します』

『ということは、八時間以内なら、死んだふりができる、ということだな？』

『可能です』

恵一は思念をコムロット准将に向けた。

『聞いていたな？』

コムロット准将は小さくうなずいた。

『ええ、わかりました、死んだふり作戦ですね？』

『そうだ。偽装戦闘艦は、この旗艦を除いてすべて無人でドローンしか乗っていない。ドローンを含む、偽装戦闘艦内のすべてのエネルギーをシャットダウンして、ドローンの体内にある生体回路だけを維持させて、粛清者の探査艇をやりすごすんだ。問題は、この旗艦だ。旗艦には人間、それも艦隊員全員、百人以上が搭乗し、各種のシステムも稼働中だ。やつらのセンサーにひっかからないように遮蔽率を上げ、エネルギー消費量を絞っても、生命維持装置だけはシャットダウンするわけにはいかない。直近に来られて、接触型センサーアームをじかに外殻にあてられれば、逃れようがない……』

恵一の言葉を聞いたコムロット准将は、苦笑を浮かべた。

『接触センサーを外殻にじかづけですか？　まさかそこまで綿密に調べることはないと思いますが……』

『いや、それはわからない。アドバーサリーの性格がどんなふうにプログラムされているのか、それしだいだな……』

恵一は、思念を艦隊内リンクに切り替えて、全艦の艦長に向けて思念命令を発した。

『諸君らも見ているとおり、わが艦隊はほぼ全艦が警戒エリア内に侵入したが、アドーバーサリーはいまだに警報を発していない。演習の訓練状況は進行中だ。とはいえ、われわれの艦隊に対し、アドーバーサリーはかなり強い疑念を持っているらしく、小型探査艇を二隻、艦隊の調査のために送りこんできた。探査艇が直近でセンサーを作動させる、もしくはセンサーアームをもちいて接触センサーを使用された場合、現在の遮蔽レベルでは、発覚を防ぐことはできない。唯一の方法は、生命維持装置を含むいっさいのエネルギー回路をシャットダウンし、ドローンにあっても、体内にある有機バッテリーで維持できる、最低限の機能レベルまで落とし、いわゆる仮死状態にして、敵の探査艇をやりすごすしかない。これを〝死んだふり作戦〟と名づける。なお、ドローンと諸君らのあいだには感応端末による身体感覚の共有が行なわれており、諸君らが身体を動かせばドローンも動く。しかし、敵の探査艇が直近を行動している時は、いっさい動いてはならない。それを忘れないでほしい。死んだふり作戦は、三秒後に開始される。各自、自分の艦のエネルギーシステムのシャットダウンを確実に行なえ、以上だ！』

恵一が思念通話を打ちきったあとの意識空間に、艦隊員たちの思念が飛び交った。

『〝死んだふり作戦〟という名前は、なんとかならなかったのか？　そのまんまじゃないか。もっとこうカッコイイ名前とかつければいいのに』

『わかりやすくていいじゃないか。変に凝った名前だと、どんな作戦なのかわからないぞ』

『息を殺して接近してきた敵をやりすごす……なんて戦いを、宇宙艦隊戦でやることになるとは思わなかった……というか、本来少人数のエキスパートが行なう特殊潜入作戦と同じようなことを、艦隊単位でやるってのは無茶だよなあ』

艦隊員の思念のリンクの中に、コムロット准将の思念が加わった。

『その無茶をやれってのが、上級種族の命令なんだから仕方ない。さあ、シャットダウンの時間だぞ！　作戦が始まったら、身動き禁止だ！　行くぞ！』

その思念を合図に、総合指揮室のモニターと、艦隊員がすわっている半球形のブースの中にあるモニターがいっせいに消えた。動いているのは、意識空間の中に投影されている旗艦の外部に設置された光学センサーの映像だけだった。

そこにはトゲトゲのついた黒い小さな塊が、すごい速度で近づいてくる光景が映し出されていた。艦隊員の見ている前で、その黒い塊は粛清者の汎用探査艇に姿を変えた。二隻の探査艇は、細長く伸びた艦隊の前から近づいてくると、速度を落とし、左右に分かれて艦隊を両側から挟むようにゆっくりと艦隊の後部に向けて飛び始めた。

紡錘形の船体の正面についている、クモの目を思わせる半球形のセンサードームをくりくりと動かしてゆっくりと飛ぶさまは、大きなハエのようにも見える。二隻の探査艇は、漂流物のように、細長く伸びた艦隊の最後尾まで行くと、そこで再び折り返して、先頭へと戻り始めた。

『戻ってきやがった……しつこいな……』

『何もなかったら、さっさとあきらめればいいのに』

『律儀で真面目な新人なんだろう。きっと、給料分は働かなくちゃと思いこんでいるんだ』

意識空間の中を、軽口にも似た思念が飛び交っているが、恵一はそれを禁止するつもりはなかった。息を殺し、探査艇に発見されないように身を潜めている状態は、かなりのストレスだ。彼らの思念通話はストレス解消の手段であり、外部との通信ではなく、旗艦の中の閉じた回路の中で行なわれるのなら、外部に漏れることはない。粛清者は人類の思考に関与できず、それを傍受することもできないので、外部漏洩を心配する必要はないのかもしれないが、用心に越したことはない。

そのとき、折り返してきた探査艇が、いきなり速度を落とし、艦隊後方に位置する戦列艦と速度をシンクロして真横に並んだ。

『やばい！　気づかれたか？』

『なぜ、あそこでとまったんだ？』

恵一が、探査艇に並ばれた戦列艦の艦長に思念を飛ばした。

『戦列艦八号、遮蔽は完全か？　システムはどうなっている？』

『こちら戦列艦八号艦長、アルギーニン少佐。遮蔽は完全でした。システムもシャットダウンしましたが、ドローンの身体シンクロ回路の感度を下げ忘れていたため、わたしが少し動いたとき、戦列艦の艦内でドローンも動いてしまいました。今は感度を下げましたので、動きません』

『了解だ。各艦、ドローンとのシンクロ係数を再度確認しろ。感度が高いと動きをトレースしてドローンが動くぞ！』

戦列艦八号の真横につけた粛清者の探査艇は、クモの目のようなセンサードームをくりくりっと小刻みに動かしながら、念入りに戦列艦を調べ始めた。

『ドローンが動いたとしても、あの粛清者の偽装外殻のその中にある艦体のコックピットだろう？　なんで気がついたんだ？』

『さあな……重力波に異常な数値が出たか、もしかしたらドローンが慣性とは逆方向に動いたのが、何かの数値に出たのかもしれない。いずれにしろ、出たとしてもほんのわずかな数値のはずだ』

『ほんのわずかな異常も見逃さないってわけか……気が抜けねえな』

意識空間の中を思念通話が飛び交う中で、メインモニターに映し出された粛清者の探査艇に動きがあった。探査艇から、二本の長いアームが伸び始めたのだ。それは船体下部に折りたたまれていた接触センサーだった。

『くそ、接触センサーだ。やつら、じかに触って確かめるつもりだぞ！』

第二艦隊の戦列艦の艦長たちから、戦列艦八号の艦長、アルギーニン少佐にメッセージが飛ぶ。

『アルギーニン！　動くな！　眼球を動かすだけでも感知されるかもしれない、目を閉じていろ！』

『息をとめろ！　いや、それは無理か、でも深呼吸するとバレるかもしれない、ゆっくり浅く呼吸しろ！』

『鎮静剤を打つのはどうだ？　一時的にこいつを仮死状態にしてしまえばいいんじゃないのか？』

『勝手に言いたい放題言いやがって……』

意識空間の中は大騒ぎだが、現実の旗艦の指揮室の中は静まり返っている。誰もが固唾《かたず》を呑んでメインモニターに映る、探査艇の挙動を見つめていた。

ゆっくりとセンサーアームを伸ばし、戦列艦八号の偽装外殻に近づいていく探査艇を見ながら、恵一は考えていた。

——これはカンでしかないが、おそらく戦列艦八号は大丈夫だ。探査艇は、完全に廃棄された残骸だと判断するだろう。問題はそのあとだ。ああやって接触センサーをもちいて精密探査をするには時間がかかりすぎる。この艦隊すべての艦に対して行ないはしないだろう。おそらくはあと数隻、ランダムに抽出して、それに対して精密探査を行ない、この艦隊が廃棄物かどうか確認するだろう。もし、そのランダム抽出される艦の中に、この旗艦が入っていれば、その時点でアドバーサリーは警報を発し、訓練状況は中止だ。この先、どう転ぶか……本当に運頼みになってきたな。

恵一がそんなことを考えながら見つめているメインモニターの中では、探査艇が接触センサーのアームを、戦列艦八号の偽装外殻に当てていた。小刻みにアームを移動させるその動きは、病人の背中に聴診器を当てる医者を思わせた。

探査艇が接触センサーを使っていた時間は、実勢時間でものの十五秒ほどだったが、息を潜めてそれを見つめる第二艦隊の艦隊員にとって、その時間は恐ろしいほど長く感じた。

『早く行っちまえ……』

『ここには何もない、おまえが見つけるようなものは何もない、ただの残骸だ……』

誰もが祈るような思いで、メインモニターを見つめていた。

探査艇は、戦列艦八号の外殻のあちこちに接触センサーのついたアームを当てて探査していたが、やがてすっと離れると、アームを探査艇の下部に折りたたんで収納した。

『どうだ？　何か反応はあったのか？』

『いや、大丈夫だ。大丈夫なはずだ。何か検知したのなら、今ごろ警報が出ているはずだ』

艦隊員が食い入るように見つめる中で、探査艇はくんと方向を変えて飛び去っていった。

その姿がモニターに映し出された瞬間に、意識空間に歓声が響き渡った。

『やった！　何も見つけられなかったんだ！　死んだふり作戦は成功だ！』

『よくやった、アルギーニン！　あとで一杯おごるぞ！』

『おまえのあだ名は、今日からオポッサムだ！』

『おぽっさむ？　なんだ、それ？』

『地球にいる、死んだふりが異様にうまい動物の名前さ』

『へえ、そんな動物がいるのか。おもしろい星だな、地球って……』

今までの息詰まるような時間の反動のように、意識空間に艦隊員の思念が飛び交う。

そのとき、モニターを見ていた一人が叫んだ。

『やばい！　もう一隻の探査艇が、旗艦に向かっているぞ！』

『なんだと？　本当か？』

その思念のとおり、モニターには、もう一隻の探査艇が艦隊のほぼ中央に位置する旗艦に向かって近づいてくる光景が映し出されていた。

旗艦の周囲には、駆逐艦七隻と重巡航艦八隻が、艦隊の外側から直接目視できないような位置に配置され、周囲に無数の破片を振りまいて、旗艦の存在を隠している。この密度の高い破片の煙幕で、遠距離からの光学センサーはある程度攪乱できるが、直近に来られれば効果は薄く、接触センサーを当てられれば、ほぼ確実に発覚してしまう。

『うわあ！　来るな！　あっちに行け！』

『なんで、よりによってピンポイントでここに向かってくるんだ？　ほかにも怪しいところはあるだろうに！』

『光学センサーに見つからないように、濃いめに破片を撒いているから、逆に疑われたのかもしれないぞ？』

『くそ、裏目に出たのか……』

探査艇はまっすぐ旗艦に近づいてきた。そして、旗艦を取り囲むように配置したピケット艦のすぐ近くまでやってきた探査艇は、その複眼のようなセンサードームをくりくりと、せわしなく動かし始めた。それは明らかに、なんらかの異変を探知したような動きだった。

意識空間に排斥と懇願の入り混じった思念が飛び交った。あるものは〝来るな、あっちに行け！〟と念じ、あるものは〝どうか見逃してくれ！〟と念じた。だが、その思いが溢れていることなど知らぬかのように、探査艇はセンサードームを動かし続け……そして、ついにその時がきた。

恵一を始めとする第二艦隊の艦隊員全員の思念の中に、指導AIの思念が響き渡った。

『アドバーサリーは、警報を発した。ただいまの時間をもって演習状況を終了する。第二艦隊は即座に撤収し、演習開始地点まで戻れ』

『第二艦隊司令官、アリサカ少将は命令を受領し、ただちに撤収。艦隊を演習開始地点まで戻します』

『ご苦労だった……惜しかったな。あと十一秒経過すれば、警戒エリア突破の裁定がおりるところだった。戦いは時の運だ。次の局面で勝利せよ。以上だ』

『了解しました!』

恵一は思念イメージを返すと、リンクを切り、その場で大きくため息をついた。

「はあああ、終わった。惜しかったと言われてもなあ……失敗に変わりはないんだけどな……」

そのつぶやきを聞いたコムロット准将が、笑いながら答えた。

「なに言ってるんですか、あの鬼軍曹みたいな指導AIが、あんな人間臭い思念を返すなんて、思いもしませんでした。あのAIをしてそう言わせるところまで行ったんですから、喜びましょう。われわれは失敗しました。でも、これは勝利に繋がる失敗です。絶望とは無縁の失敗なんて、すごい贅沢な失敗じゃないですか!」

「そうか、そうだな……ありがとう」

恵一は顔を上げた。

「いえ、どういたしまして……最初、アリサカ少将は、もっと自信満々で、わたしが手綱を引き締めないと暴走するようなイメージでおりました。こんな自省的なかたで、逆にわたしが励ますようなことを言うようになるとは、思ってもおりませんでした」

「虚像と実像の違いに、幻滅したかい？」

そう答えて自虐的に笑って見せた恵一を見て、コムロット准将は、胸の前で両手の拳《こぶし》を振った。それはモルダー星系人のジェスチャーで否定を意味するものだった。准将は戦術支援ＡＩのアドバイスを受けて、恵一と会話する時は地球ふうのジェスチャーをするように努めていたが、思わず使い慣れた自分たちの種族の動きをしてしまったのだ。

「いえ、とんでもありません。アリサカ司令が、なぜ、〝魂の試練〟を勝ち抜けたのか、そして太陽系を守れたのか、わかるような気がしました……自分が無謬《むびゅう》だと信じたときに、その人間は敗北へと続く回廊のドアを開けるのです。常に疑うこと。そして自分自身に検証を加え続ける姿勢こそが、正しい選択肢とその結果を得ることができるようにするのだと……」

恵一は笑った。

「うーん、物は言いようだな。単なる優柔不断で自信がない人間でも、そう言うとカッコよく聞こえるな」

「そんな！」

「冗談だよ、さあ、艦隊をまとめて戻るぞ。戻ったら、鬼軍曹ＡＩから講評だ。聞きたくないけどこれも仕事だからな」

「了解しました」

コムロット准将は、少し嬉しそうに答えると、敬礼を返した。

4　イリュージョン

訓練場QC76における長距離偵察戦闘艦隊の訓練が一週間を過ぎたこの日、恵一たちは指導AIから、演習が第二段階に入ったことを告げられた。

『諸君らはこの一週間で、いかにして粛清者の警戒網を突破するか、探査艇の検知の網をどうやって息を潜めてやりすごすかについて学んだ。本日からは星系内に侵入し、粛清者《しゅくせいしゃ》の迎撃艦隊と交戦して情報を収集しつつ帰還する、強行偵察訓練を開始する。この訓練は戦闘を含むため、意識空間内のバーチャルトレーニングとなるが、旗艦に乗りこんだ諸君らが動かす艦が、実際の偽装艦か、仮想現実の偽装艦か、という違いがあるだけで、訓練のシステムは変わらない。この演習は、三艦隊同時参加の合同訓練であり、ロウラン中将が総司令官として諸君らの艦隊の指揮を執る。演習の基本的想定は、このインフォメーションの直後に公開される。演習想定の確認に三分を与える。三分後にロウラン総司令官の指示命令を受け、その五分後に状況開始とする。各艦隊司令は、この五分間に艦隊内のブリーフィングを実施せよ。以上だ』

そのメッセージが終わるのと同時に、戦術支援AIを通じて、恵一の意識の中に演習概要が入ってきた。想定は、長距離偵察戦闘艦隊が〝粛清者銀河の辺境で、ある程度の自衛システムを持つ文化レベルに到達した星系に対して隠密行動で星系内に侵入し、知的生命体が生産活動を行なっている惑星の衛星軌道に到達して、地表をスキャンしたのちに、星系外に戻り、そこで脱出する〟というものだった。三艦隊それぞれに〝陽動〟〝探査〟〝脱出支援〟という任務が割り振られ、演習は、〝この三つの任務を日替わりで行なう〟とされていた。〝陽動〟は、探査を行なう艦隊への攻撃圧力を逸らすために、探査艦隊が粛清者の惑星の衛星軌道に入る直前に、星系内の粛清者施設を攻撃し、迎撃部隊の注意を惑星から引き離すのが任務であり、〝探査〟は、その名のとおり、粛清者の惑星に接近して偵察型駆逐艦を衛星軌道に送りこみ、地表のデータを収集し帰還するのが任務である。最後の〝脱出支援〟は、探査艦隊、陽動艦隊が星系外の脱出ポイントまで戻ってくるルート上に展開し、追撃してくる粛清者艦隊を迎撃するのが任務である。

「わが第二艦隊の最初の任務は、どれになるとお考えですか？」

不安そうに聞いてきたコムロット准将に、恵一は笑いながら答えた。

「さあな。それを決めるのはおれじゃない、艦隊総司令官のロウラン中将さ。おれたちは、総司令官の指示した任務を果たすだけだ」

「アリサカ司令は、どの任務が一番難しいと思われますか？」

恵一は考えこんだ。

「どれも結構ハードな任務だが……そうだな、おれの考えでは〝陽動〟だな」

恵一の答えは意外だったのだろう、コムロット准将は少し驚いたようだった。

「〝陽動〟ですか？　〝探査〟じゃなくて？」

「ああ、次に難しいのが〝脱出支援〟だな、でもやはり〝陽動〟が一番難しいだろう」

「わたしは〝脱出支援〟が一番楽だと考えておりました……」

「なぜ〝陽動〟が難しいかというと、この任務は敵の圧力をもっとも強く受けなくてはならないのと同時に、最後まで生き延びねばならないからだ。多勢に無勢だからといって逃げることができない……いや、実際には逃げまわることになるのだろうが、〝探査〟艦隊が任務を達成し、撤収するまで、生き延びて、動きまわり、逃げまわり、粛清者の目を惹き続けなくてはならない。こいつは、想像するだけでもしんどい仕事だ」

コムロット准将は、考えこむような表情でつぶやいた。

「なるほど、確かにそうですね、敵の目を惹くだけなら誰でもできますが、惹き続けるには、生き延びなくてはならないわけですから……で、〝脱出支援〟任務が難しいのは、どのような部分でしょうか？」

「〝脱出支援〟の任務そのものは、ほかの二つに比べれば、直接戦闘を行なう可能性が少ないぶん楽そうに見える。しかし、この任務を確実にやり遂げるには、常に緊張感をもって状況を確認し、先を読まなくてはならない。ほかの二つの艦隊が撤収を始めてから配置についたのでは遅いんだ。脱出ルートを事前に確認して、そのルートを無害化し、さらに要所要所にあらかじめ部隊を配置しておかなくてはならない。とはいえ、艦隊の艦の数にはかぎりがある。適当にバラまくように配置してしまっては、効果は出ない。簡単に言えば、〝陽動〟も〝脱出支援〟も不確定要素が多すぎるんだ。その点〝探査〟はするべきことがわかっているし、発生するアクシデントも予測がつく。〝陽動〟は、状況に応じて臨機応変に対策を打ち出せる者に向いている任務で、〝探査〟は、きっちりと物事を進めることのできる者に向いている任務、そして〝脱出支援〟は、じっくり考えて先を読むのが得意な者に向いている任務だと思う」

恵一の言葉を聞いたコムロット准将は、眉を寄せて困ったような表情を見せた。

「なるほど……聞きたくなかったですね……」

「なぜ？」

聞き返した恵一を見て、コムロット准将は、当然のように答えた。

「一番困難な任務がわれわれに割り振られるからです。われわれの最初の任務は、おそらく〝陽動〟ですね……」

「まだ決まったわけじゃない。それに第一艦隊司令のザーラ少将も、第三艦隊司令のキカミ少将も、わたしのような若輩者ではなく歴戦のベテランだぞ？　難易度の高い任務こそベテランに任せるはずだ」

「これが今までの戦いの延長線上にある作戦ならば、過去の戦歴や経験がものを言うでしょう。でもこの作戦は違います。まったく新しい概念で、思いきった手段が取れる指揮官でなくては、困難な任務は果たせません。わたしはロウラン中将が〝陽動〟任務を命ずるのは、アリサカ司令官ひきいる、わが第二艦隊だと信じます」

「信じるのは勝手だが……実際に陽動任務についたら、気が休まる暇もないだろうな」

「いいじゃありませんか、訓練ならどんなにキツくても。この訓練場に来たときに最初にロウラン中将が言った言葉のとおり、〝訓練で泣けば実戦で笑える〟んですから」

コムロット准将がそう言って笑ったとき、意識空間に長距離偵察戦闘艦隊の総司令官であるロウラン中将の思念が流れた。

『長距離偵察戦闘艦隊の将兵諸君、訓練はいよいよ第二段階に入った。本日より行なわれる訓練はバーチャルエリア内の訓練であるが、敵となるアドバーサリーは、われわれよりもはるかに長いあいだ粛清者と戦い続けてきた上級種族のかたがたが創り出した、究極の粛清者モデルである。粛清者は、価値観、視点、判断、そのすべてがわれわれとは異なる。攻められたことのない粛清者が、われわれの存在を知ったとき、どのような行動に出るのか、それはわからない。固定観念に囚《とら》われることは、そのまま敗北を意味する。ありとあらゆる可能性を考慮し、ありとあらゆる方策を取れる柔軟さこそが勝利をもたらすだろう。

では第一回総合訓練の任務分担を発表する。主任務である〝探査〟は第一艦隊。〝陽動〟を第二艦隊。〝脱出支援〟を第三艦隊に命ずる。状況開始は五分後である。各艦隊司令は、隷下《れいか》の艦隊員に任務指示を行ない、出撃準備完了報告をせよ。指示は以上だ』

ロウラン中将の思念リンクが切れるのと同時に、コムロット准将がにやっと笑って言った。

「当たりましたね」

「これほど嬉しくない〝当たり〟も珍しい」

恵一はやれやれ、というふうに肩をすくめて答えると、思念を第二艦隊の艦隊員にリンクした。

『アリサカ司令だ。先ほどのロウラン中将のメッセージのとおり、われわれは第一艦隊の情報収集任務を補助するための陽動部隊に任命された。陽動作戦と聞いて諸君らが思い浮かべるものは、〝正面から突撃して、思いきり派手に暴れて敵の目を惹きつける〟というものかもしれない。だが、今回の作戦で求められている陽動作戦とは、そのような簡単なものではない、とわたしは考える。はるか遠くからでも見える状態で突っこんでくる敵よりも、はるかに強く関心を惹きつける敵——それは、想像すらしなかった場所に、突然出現する敵だ。そしてその敵が出現した場所が重要な施設などの近くであれば、さらに効果は倍増するだろう。その敵は絶対に無視できない。われわれはそれをやるのだ。そしてそれを可能にするためには、粛清者の惑星の周回軌道に近づく探査艦隊よりも、さらに厳重なステルス行動が求められるだろう。われわれは深く静かに潜航し、探査艦隊が行動を起こすその直前に、忽然《こつぜん》と粛清者の前に姿を現わし、敵の重要施設に一撃を加え、そして離脱するのだ。言葉で言うのは簡単だ。ステルス、攻撃、そして離脱と回避、そのすべてを確実になすことが求められる。それをやってのけるには、想像を絶する困難が伴うだろう。だが、わたしは諸君らがそれをやってのけると信じている。わたしからは以上だ。艦隊員は自分の艦にアクセスせよ！　システムチェックを行ない、出撃準備が完了した艦から完了報告を行なえ！　行くぞ！』

『了解！』

長距離偵察戦闘艦隊、第二艦隊の将兵百十九人は思念をそろえて恵一に答礼すると、いっせいにシステムを起動した。恵一の見ている前で、百十九個のパーソナルモニターがすぐさまチェックリスト画面を映し出し、システムの自己診断を開始した。チェックリストの項目の少ない機動戦闘艇や駆逐艦などの小型艦から順に、出撃準備完了を告げるアイコンが、第二艦隊を構成する艦の番号の先につき始める。そしてものの一分もしないうちに、すべての艦の番号の前に、出撃準備完了を意味するアイコンがついた。

『艦隊の全艦が出撃準備を完了しました』

戦術支援ＡＩの報告を受けた恵一は、艦隊総司令部に思念報告を飛ばした。

『第二艦隊出撃準備完了！』

間髪《かんはつ》をいれずに、第一艦隊と第三艦隊からも、出撃準備完了の報告が入った。ロウラン中将は、ゆっくりと告げた。

『状況開始！』


恵一の目の前に広がっている恒星系は、十個の惑星を持つ、太陽系によく似た構成の星系だった。太陽系でいうところの木星によく似た巨星が星系の内側から数えて六番目にあり、その内側には土星のような輪を持つ第五惑星があり、さらにその内側の地球型の環境を持つ第四惑星が粛清者の本拠地のある惑星である。

『星系外周部に、粛清者のものと思われる人工物を発見しました』

『人工物は、定期的にレーザーによく似たパルスを周囲に向かって発しております』

『外周部に、同様の衛星をさらに四個発見』

第二艦隊に先行する第一艦隊から、〝粛清者の警戒システムと思われる衛星を発見した〟という報告と、分析結果、そして地点座標が、共通データベースを通じて恵一の意識の中に送られてくる。

――ビーコンのようなレーザー波長のパルスを定期的に周囲に発している人工物というのは、文字どおり航法ビーコンなんじゃないか？　位置関係を見ても、完璧に等間隔だしな……。

そんなことを考えている恵一の意識の中に、戦術支援AIのメッセージが飛びこんできた。

『第一艦隊の司令官ザーラ少将より、パーソナルリンクにアクセスあり。お繋ぎします』

メッセージが終わるのと同時に、恵一の意識空間にザーラ少将が現われた。

『第一艦隊司令のザーラだ。貴官の判断をおうかがいしたい。あの星系外に存在する衛星について、どう判断するかね？』

——この人がこんなことを聞いてくるとは珍しいな。前回までの訓練のときは、ほとんど没交渉だったのに……もっとも前回までの訓練は、各艦隊ごとに目標にトライする形式だったから、この人があの訓練を艦隊の優劣を競わせるものと捉えていたのなら無理もない。だが、今回の総合演習は違う。三つの艦隊が、自分勝手なスタンドプレイを行なったのでは、絶対に失敗する。それぞれにほかの艦隊の位置や動きを把握して、チームワークを保って動かなければならない。それを理解したからこそ、こうやってコミュニケーションを取ろうとしてくる。このあたりの切り替えの速さが、この人が選ばれた理由なのかもしれない。

恵一は、意識の隅でそんなことを考えながら、ザーラ少将のメッセージに応えた。

『わたしは警戒用の衛星というよりも、その機能から見て、一種の航路標識に近いものと判断します。理由は二つあります。まず、あれがアクティブセンサーだとしたら、どこかで反射波を受け取るパッシヴな機能を持った衛星がいるはずですが、それが確認できません。次に、発見されたほかの衛星も、すべて恒星を中心として等間隔に、そして第四惑星の公転軌道面に配置されているという点です。このような法則性を持たせて配置する理由があるとしたら、それは軍事的な理由というよりは、位置測定のための基準としての理由だと判断されます』

『なるほど、アリサカ少将の言うとおりかもしれない、だが、あれが航法用のビーコン衛星だとしたら、なぜほかに警戒システムが見あたらないのだろう？　不自然だとは思わないか？』

そのとき、恵一の意識空間に、第三艦隊司令官のキカミ少将がメッセージと共に割りこんできた。

『第三艦隊司令のキカミです。それは別に不自然なことではないとわたしは考えますね、ザーラ少将閣下。なぜなら粛清者は、過去において、ただの一度も攻撃を受けたことがない。ゆえに攻撃に対する備えを何ひとつしていない。する必要がない、と考えているからです。わたしは、このゆるい警戒態勢は、いわば〝初回特典〟のようなものだと考えます』

『初回特典？』

怪訝な顔をするザーラ少将を見て、キカミ少将は、ふっと笑って見せた。

『はい。次の訓練からは、こうはいかないと思われます。粛清者は……粛清者の特性を織りこんで作成されたAIであるアドバーサリーは、今回の演習で学習することは間違いありません。今後は警戒を厳重にするだろうし、迎撃態勢も整えてくるでしょう。昨日まで行なわれていた厳重警戒された星系内に侵入する訓練は、そのように学習した粛清者に対抗するためのものだったわけです』

『つまり、今回のこの想定こそが、われわれが行なう作戦の初戦の忠実なシミュレーション、というわけですね』

『アリサカ閣下のおっしゃるとおりです。艦隊単位の秘匿侵入作戦なんてことはどこの誰もやったことがありませんし、非常に困難です。ですから上級種族は、まずそのもっとも困難なシチュエーションをどう切り抜けるかを、われわれに重点的に叩きこもうと考えたのでしょう。訓練時間がかぎられている状況下では、訓練プログラムの想定時系列が前後することはよくあります』

キカミ少将の言葉を聞いて、ザーラ少将は納得したようだった。

『了解した。では、その〝初回特典〟とやらをフルに活用させてもらおう。第一艦隊は大型惑星である第六惑星の陰に隠れる形で第四惑星に接近する。第二艦隊の陽動攻撃が開始されるのと同時に第六惑星の陰から出て、第四惑星に向かう』

恵一は、慌てて首を振って見せた。

『いえ、陽動攻撃は、第一艦隊が第四惑星の直近に来たタイミングで行ないます。陽動攻撃を開始すれば、粛清者はいっきに警戒を強めるでしょう、蜂の巣をつついたあとで、時間を置いてから近づくのはお勧めできません。われわれは蜂の巣、つまり粛清者の重要な施設に隠密行動で接近し、待機します。第一艦隊が第四惑星に接近を開始したことをこちらに伝えていただければ、そのタイミングで蜂の巣に特大の花火を打ちこみます』

ザーラ少々は納得したようだった。

『了解した。われわれは粛清者の警戒ラインを索敵しつつ、まず第六惑星まで向かう。第六惑星の陰に取りつくのは、十八時間後の予定だ』

『十八時間？　早いですね……』

不安そうな顔をする恵一を見て、ザーラ少将は、にやっと笑った。

『警戒を怠らぬように充分配慮したうえで、最大速度で向かう。初回特典をフルに使わせてもらうつもりだ』

『了解しました。では、われわれも十八時間後には、陽動攻撃ができる位置まで星系内に侵入し、そちらの合図を待って攻撃を開始します』

『きみたちがしっかり陽動の役目を果たしてくれないと、われわれの任務は達成できない。手違いのないようにな。では、これで失礼する』

ザーラ少将は、尊大な態度でそう言うと、リンクからはずれた。

たった今までザーラ少将がいた空間を見つめて、恵一が小さくため息をついたのに気がついたのだろう、キカミ少将が笑いながら言った。

『演習は今回だけじゃないからな。次は役割を交替して同じシチュエーションで行なうはずだ。ザーラ少将が陽動任務になったときのお手並み拝見、そう考えれば腹も立つまい？』

『あ、いえ、腹を立てているわけじゃなくて、十八時間となると、やることが多くて忙しいな、と思っただけです。演習の目的は、第一艦隊が任務を達成することですから』

恵一の答えを聞いたキカミ少将は、少し驚いたような表情になった。

『ふむ、きみは思ったより大人なのかもしれんな……』

『大人というよりも、単に物事を考える優先順位が違うだけなんだと思います』

『それを〝大人〟と呼ぶのだ。さて、われわれもきみたちの脱出路を確保するために動くとしよう。現在地や攻撃目標の座標のデータは、リアルタイムで送ってくれ。わたしの仕事は、応援部隊のデリバリーだからな。お届け先がわからないと料理が冷める』

キカミ少将はそう言うと、もう一度にやっと笑ってリンクから消えた。

さっきまでキカミ少将が立っていた意識空間の中の一角を見つめて恵一は思った。

――なんというか、つかみどころがない人って感じだな。切れ者のような片鱗も見せるけど、本当に切れ者なのかどうかわからない。〝ひるあんどん〟というニックネームの意味がわかるような気がする。底が見えないぶん、敵にまわしたらやっかいな人みたいだ。考えていることのわかり易さで言えば、ザーラ少将のほうが気が楽かもしれないな……。

恵一はもう一度小さくため息をつくと、思念リンクを第二艦隊内リンクに戻し、艦隊員に告げた。

『第一艦隊はこれより、敵星系内に侵入を開始する。目標である第四惑星に対し行動を起こすのは十八時間後である。われわれ第二艦隊は、それまでに粛清者の重要施設を発見し、攻撃可能地点に到達していなければならない。粛清者の施設の中でもっとも重要なものは、人類側でいうところの転移ゲートである。粛清者の過去の侵攻記録を見ると、戦闘艦を大量に転移させて星域を制圧したあとで、大型ゲートを分解して運びこみ、そのゲートで星系内に大型の恒星吸収兵器を持ちこみ、恒星を丸ごと吸収して星系の生命体を絶滅に追いこむ、という戦法を取っている。転移効率の高さを重視するためだろうが、小型の簡易ゲートを使用した記録はただの一度もない。粛清者の使用するゲートは、常に大型の恒久型転移ゲートである。つまり、この星系のどこかに巨大なゲートが構築されている、とわたしは推察している。ゲートは応援部隊を呼びこむだけでなく、すべての物流を司《つかさど》る星系の生命線である。ここを攻撃できれば、たとえ破壊できなくとも、陽動の効果は抜群である。これより第二艦隊は、敵の星系外周部を全速で迂回し、恒星を挟んだ第四惑星の反対側から星系内侵入を開始する。大型ゲートは重力波を歪曲する力が強い。星系内の重力波バランスを考えると、第四惑星から恒星を挟んだ反対側にゲートを設置している可能性が高い。第四惑星の反対側に達して星系内に侵入をはかるさいに、艦隊を四つの小艦隊と、旗艦直掩艦隊の五つに分割する。分割した四つの小艦隊は、それぞれアルファ、ブラボー、チャーリイ、デルタと名付ける。各小艦隊は、漂流物偽装の状態で星系内を探査し、粛清者の重要目標である大型ゲートを探し出せ。それらしい施設を発見したら、そこをポイントしたまま、ほかの艦隊が集結するのを待て。十秒後に加速を開始する。各艦発進用意！』

恵一の見ている艦隊各艦の状態を示すモニターに、加速準備完了を示すアイコンが次々に灯《とも》り始めた。そして十秒を過ぎぬうちに、すべての艦の加速準備が完了した。

恵一の意識に投影されているタイムカウンターがゼロを示すのと同時に、戦術支援ＡＩが命令を発した。

『第二艦隊、全艦加速開始！』

その命令とともに、恵一がひきいる第二艦隊の戦闘艦はいっせいに加速を開始した。

星系の外周部に沿って、大きく迂回しながら移動する旗艦の中で、コムロット准将がつぶやくように言った。

「……星系の外周部には、粛清者の警戒ラインが存在しないんですね……」

「ああ。でも、これができるのは〝初回特典〟だからだと、第三艦隊のキカミ少将が言っていた。粛清者は、自分たちが攻撃を受けるとは考えていない。だから、今回は警戒ラインが存在しないということらしい」

恵一の言葉を聞いて、コムロット准将は笑った。

「初回特典ですか。言い得て妙ですね」

「次の演習からはこうはいかない。粛清者は学習し、警戒を厳重にしてくるだろう。実際の長距離偵察戦闘艦隊の作戦行動もそうだ。作戦行動は今回で終わりじゃない。今後も粛清者に対する強行偵察や、破壊活動は継続して行なわれるだろう。粛清者側の防衛措置もどんどん厳重になっていくはずだ。だが、粛清者がそうやって防衛にリソースを使うことで、人類への侵攻は弱まるはずだ。銀河文明評議会側に余裕が生まれることになる。これは大きい。具体的にどんな変化が生まれるのか、それは一概には言えないが、有形無形の影響が出てくるはずだ」

「銀河文明評議会は、インフラを整備して植民可能な惑星を創り出していますが、その惑星開発のペースは遅く、現在は惑星の数十倍の数のロストゲイアーを抱えこんでいます。その状況も改善されるかもしれませんね」

嬉しそうに言ったコムロット准将を見て、恵一は思った。

――母星を喪《うしな》ってロストゲイアーになったばかりのモルダー星系人が、自分たちの新しい故郷を手に入れる日が来るのは、今の状態ではどう早く見積もっても百年近くかかる。百年たてば、世代が変わり、母星を知らない子供たちが種族のほとんどを占めるようになり、文化の特性を失っていくだろう。種族としての特性を失ったロストゲイアーは、求心力を失い、政府機関すら維持できなくなって、根なし草となり、〝その他《アイダース》〟と呼ばれる雑多な下層民に呑みこまれてしまう。この現状をなんとかしようと模索していた銀河文明評議会にとって、おれたち長距離偵察戦闘艦隊の作戦行動は、閉塞《へいそく》的な状況を打破するための乾坤一擲《けんこんいってき》の大勝負なのかもしれない。

恵一ひきいる第二艦隊が、第四惑星の反対側に到達したのは十二時間後だった。動こうと思えば数時間、いや十数分で移動できる距離だが、慣性吸収装置の容量を考慮したのと、星系外とはいえ、高速で移動する物体は発見される可能性が高くなるため、十二時間を要したのだ。

第四惑星の反対側に到達した恵一は、複合センサーで周囲をスキャンし、粛清者の警戒システムが存在しないことを確認したあとで、命令を発した。

『艦隊分割はじめ！　漂流物に偽装し、各個に索敵開始！』

恵一の命令が下るのと同時に、第二艦隊は、戦列艦五隻、重巡航艦五隻、軽巡航艦五隻、駆逐艦十隻の二十五隻からなる四つの小艦隊と、直掩用の機動戦闘艇母艦と軽巡航艦からなる旗艦直掩艦隊に分割し、それぞれの小艦隊は星系内に散らばるように、ゆっくりと移動を開始した。

そのころ、第三艦隊と共に脱出地点で待機中の艦隊総旗艦ロンダルの統括指揮室に置かれた長距離偵察戦闘艦隊総司令部のもとには、各艦隊からの情報がリアルタイムで送られてきていた。

「星系の反対側に向かった第二艦隊が、艦隊を分割しました」

各艦隊の状況を確認していた参謀本部のイリグス中佐の報告を聞いて、総司令官であるロウラン中将は、つぶやくように答えた。

「第二艦隊のアリサカ司令官の作戦計画を先ほど受け取ったが、彼は〝戦力は集中してもちいるべし〟というセオリーを最初から無視しているな……実におもしろい」

「艦隊分割の理由は、粛清者の重要施設をいち早く見つけ出すため、となっておりますが、それだけではありませんね。第一艦隊が第四惑星の衛星軌道上に侵入するまでに、攻撃する重要な目標が発見できなかったとき、分割した第二艦隊の四つの小艦隊が、四ヵ所で粛清者の施設に攻撃を仕掛けることで、同時多発となり、粛清者の目を惹きつける効果が高くなります」

イリグス中佐の答えを聞いたロウラン中将は、満足そうにうなずいた。

「そのとおりだ。戦力は集中してもちいるものというのが常識だが、今回のような破壊工作と陽動作戦のような任務の場合は、分散させることでより効果を大きくすることができる場合もある。〝常識や思いこみに囚われず、その局面局面で最適な方法を選択する〟――アドバーサリーを作り上げた上級種族がわれわれにのぞんでいるのは、そういう戦いかただとわたしは思う。アリサカ少将に陽動任務を命じて正解だったな。彼は新しいセオリーを創り出せる男かもしれん」

その言葉が終わるのと同時に、第一艦隊司令官のザーラ少将から、〝粛清者の警戒用探査艇の三度にわたる検索をやりすごし、第四惑星に接近中〟という報告が入った。

「あの探査艇の検索を三回やりすごすとは、第一艦隊の隠密行動もなかなかのものですね。第一段階で、隠密浸透訓練を繰り返した成果が出たようです」

イリグス中佐がそう言って、第一艦隊の位置を三次元立体モニターに映し出された星系図の中に表示したとき、第三艦隊のキカミ少将から、〝艦隊を二つに分割し、脱出支援のために配置につく〟という連絡が入った。

「第三艦隊も艦隊を分割したようですね。第四惑星に向かった第一艦隊と、反対側から星系内に侵入した第二艦隊の応援のためでしょう」

「第一艦隊が第四惑星に向かって動く時間まで、あと六時間か……第二艦隊が目標とするはずの粛清者のゲートはまだ発見できんらしいな」

「まだ一報は入っておりません。アリサカ少将の推察は、はずれたかもしれませんね」

イリグス中佐の言葉に、ロウラン中将は小さく首を振った。

「第四惑星の反対側は、広大な宇宙空間が広がっている。大型ゲートと言っても、宇宙空間から見れば小石よりも小さな存在だ。そう簡単に発見はできん。ゲートが稼働中であれば重力波の歪みが生じるが、稼働していない状態では単なる浮遊物だからな」

ロウラン中将の言葉のとおりだった。第四惑星の位置の正反対の側から星系内に侵入した恵一たちは、その後三時間以上経過しても、いまだに粛清者のゲートを発見できずにいた。

捜索能力の高い偵察型駆逐艦の艦長たちが、光学センサーを主体とした各種の複合センサーを駆使し、目の前の宇宙空間を走査《スイープ》し続けていたそのころ、D《デルタ》艦隊の情報分析参謀であり、偵察型重巡航艦七号に艦長として乗りこんでいたタムイは、センサーの走査範囲内を漂う漂流物の動きを確認していた。漂流物は水面に浮かぶ木の葉のようなもので、空間の中に重力が強い場所があれば、そこに向かってゆっくりと方向を変えて流れていく。漂流物の動きを見れば、強力な重力波を生じさせるゲートの位置がわかるかもしれないと考えたからだ。だが、漂流物の動きにはこれと言って法則性が見られなかった。漂流物は、さまざまな方向に動き続けている。

その動きを見ていたタムイは、ひとつのことに気がついた。

――重力波の乱れがない空間でありながら、まるでかきまわされたかのように、漂流物が法則性のない動きをすることはあるのだろうか？　もしかしたら、この漂流物の動きの原因は、〝過去にこの付近で重力の強弱が発生した〟ということではないだろうか？

タムイは恵一に向けて思念を発した。

『こちらD《デルタ》艦隊情報分析参謀のタムイだ。漂流物の動きから分析した結果、過去に大規模な重力波の擾乱《じょうらん》状態が引き起こされた痕跡と思われるものを覚知した。捜索範囲をもう少し恒星側に広げるべきだと思料《しりょう》する』

『第二艦隊司令のアリサカだ。恒星と第四惑星の距離よりも内側、ということか？』

『そうだ。われわれは重力波のバランスを考えて、第四惑星の恒星を挟んだ正反対の位置座標にゲートがあると判断した。だが、推定した地点にゲートは存在しなかった。周辺の漂流物の動きを分析したところ、第三惑星軌道と第四惑星軌道との中間地点あたりから放射状に外に向かう漂流物と、逆に内側に向かう漂流物があることに気がついた。これはつまり、内側に向かっている漂流物は、内側に強い重力が生じたときに動いたもので、逆に外に向かって放射状に動いている漂流物は、重力が弱くなったために、より強い場所に向かって動いているものだと思われる。これはつまり、非常に短い間隔で、強い重力波と弱い重力波の両方が繰り返されたことを意味する。データベースによると、粛清者は転移ゲートを起動させて次元断層を生成させる前に、ゲート周辺のデブリなどを除《よ》けるために、ゲート周辺の重力波を弱めて浮遊物などをゲートから遠ざけるという方法を取るらしい。人類側がもちいる、浮遊物からゲートを守るためにスクリーンを使用する方法は、超大型の恒久型ゲートには向いていないのかもしれない。とにかく、状況証拠はゲートの位置がもっと恒星に近い位置にあることを示している』

恵一は、意識空間に表示されている索敵範囲を確認した。タムイの言うとおり、索敵範囲は想定位置座標の外側で、内側は完全に索敵範囲からはずれていた。

『了解した。では索敵範囲を変更する。ありがとう、タムイ』

『礼には及ばない。これが仕事だ』

タムイはそう言うと小さく一礼して、恵一の意識空間から消えた。恵一は、分割した四つの艦隊に対し、タムイの分析結果を伝え、索敵範囲を星系の内側に広げるように指示した。

その結果が出たのは、指示を出してから四十五分後のことだった。C《チヤーリイ》艦隊の偵察用駆逐艦が、その光学センサーに宇宙空間に浮かぶ四角い物体を捉えたのだ。その報告を受けた恵一は即座に戦術支援AIに聞いた。

『アロイスの星系に侵攻したときに、粛清者が恒星吸収装置を運びこむために構築したゲートは円形だった。粛清者側に四角いゲートというものは存在するのか?』

恵一の質問に戦術支援AIは、いくつかの映像記録を恵一の意識空間に投影して、解説を始めた。

『七百五十年前の戦闘記録には、粛清者が四角いプラットフォーム型の転送装置を使用したという記述があります。現在のような円形のゲートを使用するようになったのは、およそ三百年前からで、これは銀河文明評議会の使用するゲート技術をコピーしたものだと言われています』

『つまり、あの四角い転移ゲートは旧型のものだ、ということか？』

『おそらく』

戦術支援AIが返答したそのとき、C《チャーリィ》艦隊の偵察用駆逐艦が光学センサーでさらなる敵影を捉えた。それは、三百隻ほどの粛清者の戦闘艦の群れだった。

『戦闘艦が三百隻か……おそらくこの星系防衛のために配置されている警備艦隊でしょうね……』

意識空間で報告を受け取ったコムロット准将は、そこで言葉を切ると、恵一に聞いた。

『主目標はゲートでしょうか？　それとも警備艦隊でしょうか？』

恵一は首を振った。

『ゲートだけを攻撃したのでは、数で勝る警備艦隊を相手にしなければならない。警備艦隊だけを攻撃すれば、ゲートから増援部隊が無尽蔵にわいて出てくるだろう。目標は両方だ。光子魚雷をゲートに叩きこみ、使用不能にするのと同時に、停泊中の警備艦隊に実体弾を叩きこみ、一撃離脱で退避行動に移る。奇襲攻撃で効果を最大限に引き出すのだ』

『了解しました……では、A《アルファ》艦隊及びB《ブラボー》艦隊は停泊中の警備艦隊を攻撃、C《チャーリィ》艦隊及びD《デルタ》艦隊はゲートを攻撃。作戦開始は、第一艦隊が第四惑星に接近を開始する十五分前とします。それでよろしいですね？』

『旗艦と旗艦直掩艦隊も警備艦隊への攻撃に加わる。そしてこれが一番重要だが、攻撃完了後、退避行動に移ると同時に、すべての艦は偽装外殻をパージし、質量を軽くするように指示してくれ。逃げ足は少しでも速いほうがいい』

『了解しました。第一艦隊が動き出すまで、あと一時間を切りました。攻撃準備を急がせます』

『よろしく頼む』

恵一は、コムロット准将にそう答えると、長距離偵察戦闘艦隊の総司令部に、敵警備艦隊の情報と攻撃計画の詳細を思念で送った。

「約三百隻か……思ったより多いな。第二艦隊は三倍の敵を相手にする、というわけか」

イリグス中佐の言葉を聞いたロウラン中将は、小さく首を振った。

「いや、相手にする必要はない。第二艦隊の任務は、あくまでも陽動であり敵艦隊の殲滅《せんめつ》ではない。粛清者の防衛システムに混乱を引き起こし、第四惑星の探査にあたる第一艦隊を補助するのが仕事だ。アリサカ少将の作戦計画にもあるが、この攻撃が奇襲攻撃となるのは、ほぼ確実だ。奇襲攻撃の効果を最大限に利用して敵の立ち上がりを叩けば、三倍の敵であっても互角に戦える、という判断は正しい」

「ですが……」

イリグス中佐は、そのあとに続く〝奇襲のタイミングをはずせば効果はありません〟という言葉を飲みこんだ。奇襲のタイミングをはずすかどうか、それは第一艦隊の動きにかかっていた。

――ザーラ少将が、功名心や敵愾心《てきがいしん》に駆られ、事前に定めた作戦開始時間よりも早く動くことも考えられる。そんな愚かな真似はしないとは思うが……。

イリグス中佐は、艦隊総司令部が置かれた統括指揮室のモニターに映し出された第一艦隊の現在位置を示す青い光点を見つめながら、そんなことを考えていた。

事前に定めた陽動攻撃開始時間まで、三十分を切ろうとしていた。

5 脱出シチュエーション

旗艦の総合指揮室に立った恵一は、旗艦艦長であり副官でもあるコムロット准将と二人で、モニターに映った光子魚雷の目標である粛清者《しゅくせいしゃ》の転移ゲートと、実体弾の照準内に収まっている停泊中の粛清者の艦隊を見つめていた。

「全艦隊、射撃開始位置につきました。あとは命令を下すだけです。それにしても、こうやって照準画面を見ていると、自分がスナイパーか何かになったような気分ですね」

「ああ、隠れて狙いをつけている部分はスナイパーと同じだが、一発撃ったあと派手に立ちまわりを演じなけりゃならない、というところがスナイパーと違うところだな」

「第一艦隊は、いつ接近を開始するのでしょうね？」

「あと二分で予定時間だが、第一艦隊のザーラ少将がタイミングを連絡してくることになっている。今は待つしかない」

恵一がそう答えたそのとき、すべてが同時に起こった。

『停泊中の粛清者艦隊に動き！』

『粛清者ゲート周辺に、光学センサー妨害目的と思われる発光微粒子が散布され始めました！』

その二つの報告は、分割した艦隊からのものだった。

そして続いてはいったもうひとつは、長距離偵察戦闘艦隊の総司令部からの連絡だった。

『第一艦隊から連絡！　粛清者に発見され、現在交戦中！』

――粛清者に動きがあったのはそのためか！　第一艦隊に対する圧力を軽減させるには、こっちが本隊だと思わせるしかない！

恵一は、待機中の第二艦隊の全艦長に向かって叫んだ。

『全艦攻撃開始！　全火器を使用して、粛清者に最大限のダメージを与えろ！　攻撃は三十秒！　三十秒後に全艦偽装外殻をパージ！　最大戦速で、星系内方向に向かって退避！』

第二艦隊のA《アルファ》艦隊とB《ブラボー》艦隊は、動き出した粛清者艦隊に向けてレールガンの全砲門を開き、立て続けに高質量実体弾を発射し始めた。レールガン発射に伴う高電磁エネルーのためだろう、光学モニターの中に、二つの艦隊の艦影がうす青く帯電するのが映し出された。

『実体弾の初弾が着弾するまであと一秒！　砲撃特化型重巡航艦二十号ならびに二十一号は、動き始めた粛清者艦の未来位置に向けて偏差射撃を開始！　ほかの艦は範囲を拡大し、泊地施設に対しても攻撃を続行せよ！』

A《アルファ》艦隊とB《ブラボー》艦隊の砲術担当の士官から、実体弾の目標について詳細な指示が飛ぶ。

一方そのころ、C《チャーリィ》艦隊とD《デルタ》艦隊は、粛清者のゲートに向けて、最大戦速で突撃を開始していた。この二つの艦隊の目標であるゲートは巨大な構築物であり、実体弾で与えられるダメージは限定的であるため、対消滅反応を起こす光子魚雷を使用することになっていた。だが、光子魚雷は実体弾よりも有効射程距離が短いため、この二つの艦隊は、目標まで肉薄しなくてはならないのだ。

加速して突っこんでくるC《チャーリィ》艦隊とD《デルタ》艦隊に向けて、ゲートの周囲から、いくつものビーム砲が発射されるのが見えた。おそらくそこにゲート防衛用の自動砲台があるのだろう。

『C《チャーリィ》艦隊ならびにD《デルタ》艦隊の戦列艦は、粛清者の防御網を破壊し、雷撃艦隊を援護せよ！　各艦、主砲発射！』

その命令と共に、接近するC《チャーリィ》艦隊とD《デルタ》艦隊の戦列艦から、主砲が立て続けに発射され、ゲートの周囲にいくつもの閃光が瞬いた。

『敵砲台の破壊に成功！』

しかし、戦列艦の主砲斉射は、すべての砲台を破壊することはできなかった。防御砲台は、完全にこちらを敵と認識したのだろう、最初に発射したビームとは桁違いのビームとレーザーパルスを発射し始めた。

「いきなり弾幕が増えましたね……」

「偽装外殻に効果があったということだろうな。最初は明確に敵と判断できないので、威嚇射撃にとどめていたのだろう」

「撃ち返してきたから敵と認識した、ということですか？」

「ああ、推察にすぎないがね。とにかく、明確な敵と判断してもらったほうが、陽動は効果がある」

恵一がそう答えたとき、A《アルファ》艦隊に所属している遠距離光学センサーを装備した偵察型駆逐艦二十一号の艦長から、緊急報告が入った。

『恒星を背にする形で、新たな粛清者艦隊が接近中です。推定数、約五百！』

その報告を聞いた恵一はすばやく考えた。

——恒星を背にして、ということは、第四惑星側からこちらに向かってきている、ということだ。粛清者は第四惑星の防衛艦隊をこちらの迎撃に振り向けた、と考えるべきだ。陽動作戦はほぼ成功と思って間違いない。

『敵の増援が来た！　粛清者のドクトリン、〝数の優位で押し包んで勝つ〟というのをやるつもりだ！　A《アルファ》艦隊ならびにB《ブラボー》艦隊は、泊地停泊中の敵艦に対する遠距離砲撃を中止！　偽装外殻をパージし、星系内部に拡散浸透し、こちらに向かってくる敵艦隊を翻弄せよ！』

『A《アルファ》艦隊、了解！』『B《ブラボー》艦隊、了解！』

その返答と共に、恵一の見ているモニターの中に映し出された二つの艦隊は、いっせいに粛清者艦の偽装外殻をパージし、本来の艦体である銀色の外殻に姿を変え、クモの子を散らすように、四方八方に分散した。

A《アルファ》艦隊とB《ブラボー》艦隊が偽装外殻を脱ぎ捨てたタイミングと前後して、C《チャーリィ》艦隊とD《デルタ》艦隊の軽巡航艦と駆逐艦による雷撃が始まっていた。雷撃地点に到達するまでに、両艦隊とも砲撃特化型重巡航艦二隻、軽巡航艦二隻、駆逐艦五隻を防御砲台の砲撃により喪失していたが、ほかの艦は発射地点に到達し、そこでいっせいに光子魚雷を発射した。

粛清者艦の偽装外殻を纏《まと》った潜入型軽巡航艦は、通常の軽巡航艦とは違って艦体が小さいため、一艦あたり一度に二十発しか光子魚雷は発射できない。同じく駆逐艦も十発の光子魚雷しか発射できないが、C《チャーリィ》艦隊とD《デルタ》艦隊がゲートに向けて発射できた光子魚雷の合計は、三百発を超えていた。

『C《チャーリィ》艦隊ならびにD《デルタ》艦隊は、反転離脱！　偽装外殻を捨てろ！』

光子魚雷を発射し終わった二つの艦隊は、慣性吸収装置をフル機動させつつ、その場で方向転換すると、纏っていた粛清者の偽装外殻をいっせいに脱ぎ捨て、離脱コースに入った。

粛清者は光子魚雷の発射を確認するのと同時に、防御砲撃をビーム砲撃から高質量散弾を打ち出す実体弾砲撃に切り替えた。濃密な散弾が宇宙空間内に炸裂する中に突っこんでゆく光子魚雷は、次々に対消滅反応を起こして消えていく。だが、その防御弾幕も、すべての光子魚雷を無力化することはできなかった。

雷撃を終えて離脱に入ったC《チャーリィ》艦隊とD《デルタ》艦隊の将兵は、息をひそめて長距離光学センサーを見つめていた。散弾と衝突して対消滅を起こした多くの光子魚雷のために、宇宙空間は恐ろしいほどの放射線で満たされ、重力波センサーを含むほとんどのセンサーは一時的にブラックアウトしてしまっている。いま使用できるのは光学センサーだけなのだ。

『弾着！』

戦術支援AIのメッセージが飛びこむのと同時に、長距離光学センサーに映し出されていた粛清者の四角いプラットフォーム型ゲートのシルエットの数カ所に、虫が食ったように、ぽこっと空白が生じた。それは間違いなく光子魚雷による対消滅反応だった。

『命中！　命中！』

『やったぞ！　これでやつらは増援を呼べない！』

『任務達成だ！』

喜びの思念が飛び交うC《チャーリィ》艦隊とD《デルタ》艦隊の思念リンクに、恵一は思念命令を送った。

『ゲート破壊、見事だった。だがこれで任務達成ではない。われわれの真の任務は、このあとなのだ。第一艦隊が第四惑星の衛星軌道まで接近し、地表を走査し終わるまで、われわれは生存し、粛清者の目を惹き続けなくてはならない。さあ諸君、逃げるぞ！　逃げて、暴れて、壊しまくるんだ！』

『了解！』『了解！』『了解！』『ヒャッハー！』

『誰だ、ヒャッハーって言ったやつは！』

『まあいいじゃないか、やることはたいして変わらない』

『そりゃあそうだけど……』

『そーら、来た来た。ゲートの警備艦隊がお出ましだ！　嫌がらせに、次発装塡分の光子魚雷を撃って逃げるぞ！　光子魚雷が残ってるヤツは、全部撃っちまえ！』

『了解！』

C《チャーリィ》艦隊とD《デルタ》艦隊の将兵は、お祭り騒ぎでワイワイ言い合いながら、バラバラに逃げ始めた。

「演習中とは思えないですね。気が緩んでいるのでしょうか？」

意識空間のリンクに飛び交う思念を聞いていたコムロット准将が、困惑したような表情を浮かべたのを見て、恵一は笑って見せた。

「気が緩んでいるというよりは、自分が乗っている戦闘艦は遠隔操縦であって、直接乗りこんでいるわけではない、という安心感が根底にあるからだろうね。遠隔操縦戦闘は、気が緩むというか、放埒《ほうらつ》になるおそれもあるけど、消耗品と割りきって思いきった戦闘ができる、という利点もある。そしてその代わりに、彼らが乗っているこの旗艦は無理ができない。無人戦闘艦でやりたい放題できるのは、この旗艦を無事に逃がすためだ、と考えることもできる……」

恵一は、そう言いながら、粛清者の迎撃艦隊の攪乱に向かったA《アルファ》艦隊とB《ブラボー》艦隊、そしてゲートを防衛していた警備艦隊の攪乱を始めたC《チャーリイ》艦隊とD《デルタ》艦隊の動きを示した三次元立体モニターを確認した。

——ゲートと、その近くの泊地にいた警備艦隊をかなり破壊できた。こっちに向かってきたこの星系の迎撃艦隊五百隻も、現在攪乱中だ。第四惑星を調査中の第一艦隊への圧力は、かなり軽減できたはずだ。あとはこのまま無人艦で攪乱戦闘を続けて、そのあいだにわれわれ旗艦と直掩艦隊は星系外に退避だ。

恵一は星系外に出る地点の座標を確認しながら、思念を長距離偵察戦闘艦隊総司令部のリンクに繋いだ。

『第二艦隊司令のアリサカです。情報リンクで確認できていると思いますが、陽動作戦は順調に進行中です。搭乗員を乗せた第二艦隊旗艦と直掩艦隊は、これより敵星系内より脱出を開始します。脱出座標はこちらです』

恵一の思念に、第三艦隊のキカミ少将が応えた。

『第三艦隊、了解！　これより指定座標に向かい、脱出を支援する。推定所要時間は三十七分』

『よろしくお願いします』

そう答えて、思考リンクを自分の艦隊に切り替えた恵一は、目の前に表示されたデータとモニターを見て少し驚いた。

第二艦隊所属の四つの小艦隊の残存艦は、すでに六十隻を切っていた。モニター上に示される敵味方識別表示は赤い光点で埋めつくされ、第二艦隊の艦を示す青い光点はごくわずかである。それに対し、粛清者艦を示す赤い光点は、二千を超えている。

——どこからこんなに湧いて出てきたんだ？

恵一の疑問に、戦術支援ＡＩが答えた。

『粛清者は、星系内に分散配置されていた戦闘艦を集結させ、増援部隊を編成して送りこんできているものと思われます』

『ということは、これがこの星系に配置されていた粛清者の総戦力と見ていいのか？』

『粛清者艦は、この数に達したまま増加しておりません、現状でほぼ最大戦力と思われます』

『そうか……』

恵一は、思わず唇の端に笑みを浮かべた。戦術支援ＡＩの分析結果は、恵一たちが陽動部隊として完璧な仕事をしてのけた証拠だったからだ。だが、自分が笑っていることに気がついた恵一は、その笑みを振り飛ばすかのように小さく首を振った。

――いかん、満足感に浸っている場合じゃない。確かに敵を引きつけることには成功したが、まだ脱出に成功したわけじゃない。部下を諫《いさ》めておいて、自分が喜んでいたんじゃ示しがつかない。

恵一の見ている前で、モニターの中に並ぶ第二艦隊の艦名リストがひとつ消えた。第二艦隊の残存数はすでに五十五隻になっていた。

「敵の数は二千、こっちは五十五。これで、あと五十分しのげますかね？」

「味方の艦は機動力を生かして逃げまわっているが、敵は数で押し包んで逃げ道を塞いだあと、確実に潰しにきている。だが、こういう言いかたをすると悪いが、無人戦闘艦がやられるぶんには問題ない。人間が乗っているこの旗艦さえ逃げきれればいいんだ。脱出支援艦隊が来るまで、あと三十分。何がなんでも逃げきってやるさ」

恵一がそう答えたとき、意識空間の艦隊内リンクに意見具申があった。

――意見具申か、この状況で何か有効な手を思いついた者がいたらしいな。

そう考えた恵一がリンクを繋ぐと、思念が飛びこんできた。

『C《チャーリィ》艦隊、戦列艦十六号の艦長、タチア中佐であります！　旗艦と直掩艦隊が離脱する時間をかせぐために、わたしは星系内部に拡散浸透中の残存部隊の侵攻経路に、戦列艦を一隻ずつ固定砲台として留置していくことを提言します』

『戦列艦を点々と置いていく……それはもしかして……』

タチア中佐は、にやっと笑った。

『はい、〈ステガマリ〉です。アリサカ閣下の過去の戦歴と作戦行動を記録したアーカイヴで、この戦術のことを知りました。現在われわれが置かれているシチュエーションこそ、この戦術にふさわしいと思料《しりよう》します！』

恵一はすばやく考えた。

――機動力で勝《まさ》る軽巡航艦や駆逐艦は、動きまわり続けることで敵の攻撃を回避できる。だが、戦列艦は動きが鈍い。でもその代わりに強力なシールドを備えており、敵の主砲ビームを一発二発食らっても、耐えられる。いわば足をとめて殴り合うことを前提にトレーニングを積んだ、ヘビー級のボクサーのようなものだ。撃たれ強い戦列艦はこの任務に向いていることは間違いない。

恵一は思念を返した。

『その意見具申を採用する。各艦隊の戦列艦は、以後C《チヤーリイ》艦隊のタチア中佐の指揮下に入り、遅延戦闘を行なえ。軽巡航艦、駆逐艦は残置する戦列艦の前に、敵の追撃部隊を誘導せよ！』

『了解しました。わたしは残存戦列艦をひきいて、遅延戦闘を指揮します！』

『よろしく頼む』

『お任せを！』

　タチア中佐はそう言って敬礼すると、思念リンクから消えた。

「〈ステガマリ〉……ですか。おもしろい戦術ですね」

「地球の日本という国家で、四百二十年くらい前にあった戦術だ。大規模な内戦のときに敗軍となった地方の封建領主が戦場から逃げるときに、領主を逃がすために家臣たちが取った戦術だよ。逃げる道沿いに単発式の銃を持った兵士を一人ずつ置いていくんだ。追撃部隊は近づくと撃たれるので、追撃する足が鈍るというわけだ」

「置いていかれた兵士は犠牲になるわけですよね」

「ああ、その当時の価値観というのは、殿さまさえ生き残って領地にたどり着けば、たとえ兵士が全滅しても領地で再起できる、というものだった……確かに今のわれわれの置かれた状況そのままだな……」

　恵一はそこまで言ってから、小さくため息をついた。

「本来ならば、意見具申を受ける前にわたしがこの戦術を思いついて然るべきだった……恥ずかしいかぎりだな」

「いえ、わたしはそうは思いません。こういう意見具申が部下から上がってくるということは、われわれの部下は、目の前の状況を自分の知恵で打開しようとする意志と能力があるということです。自分の頭で考えようとせず、上の命令にただ従っていればいいと考えている無能な部下ではないということを喜ぶべきです」

コムロット准将の言葉を聞いて、恵一は静かに微笑んだ。

「ああ、そうだな。わたしだけが考える必要はない。艦隊は組織であり、組織は集合知を生み出す力がある。それを忘れていた……ありがとう」

「いえ、どういたしまして……」

恵一は意識空間のリンクを、〈ステガマリ〉戦術を持ちこんだタチア中佐たちの思念に繋いだ。

『よし、遅延戦闘の一番手は、このわたし、サーチー星系出身のウアズ少佐が引き受けた！　さあ来い、粛清者の雑魚《ざこ》ども！　この戦列艦二十八号の主砲で、宇宙に漂う金属蒸気にしてやる！』

その思念とともに、一隻の戦列艦がその場に停止し、くるりと方向を変えると、追撃してくる粛清者艦隊に向けて、主砲を発射し始めた。

通常の戦列艦よりも大口径の主砲は、追撃艦隊の先頭に立っていた敵駆逐艦二隻を直撃し、言葉どおり一瞬で蒸発させた。その返礼は、雨あられと撃ちこまれる小口径のビームの雨だった。

だが戦列艦の分厚いシールドは、そうした小口径のビームの雨をことごとく受けとめた。

『小口径ビームの撃ち合いなら、こっちも負けねえぞ！　食らえ！』

ウアズ少佐の思念とともに、戦列艦は副砲と、近接防衛用の小口径ビームやパルスレーザーを発射した。副砲といえども戦列艦のそれは、重巡航艦の主砲サイズであり、直撃を食らった粛清者の巡航艦はその場で爆沈し、近接防衛火器の連射を浴びせかけられた駆逐艦は、穴だらけになって沈黙する。だがその無双ぶりも、最初のうちだけだった。追撃艦隊の弾幕に、あとから追いついてきた大型艦の主砲が加わりだすと、中小の口径のビームを受けとめていたシールドが、大口径のビームによってたちまち過負荷に追いこまれた。シールド全体が明滅するストロボのようにチカチカと瞬き始めるのと同時に、今まで貫通しなかった中小の口径のビームが次々に艦体に直撃し始める。動力経路を損傷した戦列艦二十八号の主砲が沈黙すると、あとはあっというまだった。無数のビームと実体弾の直撃を食らった戦列艦二十八号は、文字どおりくず鉄の塊のようになったのちに、跡形もなく爆散した。

『戦列艦二十八号、ここまで！　あとは頼んだ！』

ウアズ少佐の思念は、そこで途切れた。このリンクは戦闘中の者だけが接続している思念リンクであり、撃沈されたり戦闘不能となって戦闘に参加できなくなった将兵たちの思念は、スラルトゥーシュ・リンクと呼ばれる別リンクに繋がれる。スラルトゥーシュというのは、アロイスの神話に登場する、戦いで死んだ戦士の魂を迎えにくる女神の名前である。

『ただいまの戦闘で、残存部隊に対する粛清者の追撃速度が落ちました。このまま遅延戦闘が推移する場合には、脱出支援艦隊が脱出地点に到着するまで、旗艦の退避行動は続行できそうです』

戦術支援AIの報告を受けた旗艦の中に、明るい空気が流れ始めた。

『旗艦と直掩艦隊は逃げきれそうだぞ』

『戦列艦の遅延戦闘は効果あり、というわけだな』

『任務大成功ってわけだ。第一艦隊はほとんど抵抗を受けていないらしいぞ。衛星軌道から地表降下型ドローンを発射して、惑星の地表の状況まで調査したらしい』

『地表降下型ドローンまで使ったのか！　でもそんな調査は、当初の作戦計画になかったよな？』

『余裕があったので、オプショナルツアーをつけたしたんだな、きっと』

乗艦を失った艦隊将兵たちが、スラルトゥーシュ・リンクの中で、そんな思念会話を交わしていたころ――。

その会話に加われず、かといって戦闘リンクにも加われない、待機中の将兵たちの意識リンクの中では、機動戦闘艇パイロットのエミリーが毒を吐いていた。

『あーもう！　なんなのよ、これは！　このまま最初から最後まで、ずーっと待機で終われって？　冗談じゃないわよ！　あたしにも戦わせなさいよ！』

第二小隊の小隊長であるカラムが、なだめるように答えた。

『わたしたちは旗艦を守る直掩艦隊で、最後の砦なんです。真打ちは最後に出ていくものなんですから、もっとゆったり構えていればいいんですよ』

『それはわかってるけどさ、新しい大型機動戦闘艇のスペックがすごいじゃん。あんたはこいつに乗って飛びまわりたいって思わないの？』

『それは……わたしも機動戦闘艇パイロットの端くれですから、これに乗って戦ってみたいとは思いますけど……』

エミリーは〝わが意を得たり〟というかのようにうなずいた。

『でしょ？　今まで乗っていたのは戦闘機とか攻撃機みたいなイメージだったけど、こいつはもう飛行機のイメージじゃないよね。対艦戦闘を視野に入れて設計された、まったく新しい戦術思想の兵器って感じかな。駆逐艦よりは小さいけど、その主砲並みのビームが二門あって、実体弾発射用のロングレールも機体の下についてて、加速と起動能力は今までの機動戦闘艇よりも上。無人機だからパイロットの身体保護を考えないですむがゆえの、加速機動へのパラメーター全振り！　まったく新しい世代の戦闘艇だよね。あーくそ、出撃したい。出撃して粛清者ぶっ潰したい！』

エミリーのイライラした思念がリンクの中に響き渡ったとき、落ち着いた大人の思念がリンクに加わった。

『相変わらず元気がいいな、エミリー中尉は……』

『カラヤイアン中佐！』

機動戦闘艇パイロットの思念リンクが、いきなり静かになった。その思念は、第二艦隊の機動戦闘艇部隊の指揮官であるカラヤイアン中佐のものだった。

カラヤイアン中佐の思念は続いていた。

『〝エミリー中尉の手綱を握っていた相棒が地球に残って後輩を育てる教官になってしまったので、手綱がなくなったエミリー中尉は暴れ馬になるかもしれない〟——そうリー大佐から言われていたが、まさしくそのとおりだな……遠距離恋愛でイラつくのもわからんでもないが、まあ、もう少し辛抱してくれ』

『え、遠距離恋愛とか、そんなの関係ありません！』

慌てるエミリーの思念に、カラヤイアン中佐は続けた。

『これは未確定情報だが、われわれの演習は予想以上に錬度が進んでいるらしい。この調子でいけば、出撃前に三日ほど休暇をもらえるかもしれんぞ』

その情報を聞いた機動戦闘艇パイロットのリンクは大騒ぎになった。

『本当ですか？』『やった！』『三日の休暇って……家に帰れるじゃないか！』『おれ、もう帰れないと思ってた……』

その喧騒《けんそう》の中でも、エミリーに向けた思念は続いていた。

『……だから、ここでヘマをすれば休暇の話はなくなる。おまえさんをいま戦闘に参加させるわけにいかないのは、そういうわけだ。おれたちは旗艦を守るために存在する。もし旗艦が危機に陥ったら、おまえさんには十人分の働きをしてもらうつもりだ。だからそれまでは待機だ。いいな』

『……わかりました』

エミリーが不満げにそう答えた、そのとき——。

意識空間に存在するすべての思念リンクに、戦術支援AIの警報が響き渡った。

『警報！　警報！　星系外エリアに、大規模な重力波擾乱《じょうらん》発生を検知！　粛清者の転移攻撃と思われます！』

その警報と同時に、いま現在星系外の宇宙空間に重力波の乱れが生じている地点の座標が、恵一の意識の中に飛びこんできた。それは、恵一たちがめざしている脱出地点と、ほぼ同じ座標だった。

——おれたちが遠距離支援ゲートを使って脱出するには、周囲の重力波の影響を受けにくい〝重力波の凪《なぎ》〟と呼ばれる空間が必要だ。そして、その重力波の凪が生じている場所は、粛清者が艦隊を転移させてくる場所としても使われている。転移ゲートを破壊され、応援を送りこめなくなった粛清者は、銀河系に侵攻するときと同じ、一方通行の片道転移で艦隊を送りこんでこようとしているに違いない。くそ、この可能性をまったく考慮していなかった自分の甘さに吐き気がする。この状況を逆に考えてみろ。もしここが太陽系で、浸透戦術で星系内に侵入してきた粛清者の小艦隊がゲートを破壊したら、どうする？　当然、全力で排除するはずだ。ありとあらゆる手段を使って、なんとしてでも太陽系に侵入した粛清者を駆逐しようとするだろう。ありとあらゆる手段を考えているのはおれたちだけじゃない。粛清者だってそうなんだ。

　粛清者にとって、今のおれたちは……侵略者なんだ！

　恵一は思念命令を飛ばした。

『直掩艦隊各艦に命令！　偽装外殻を捨て、機動戦闘艇母艦を中心にした球形陣を構成し、旗艦から離れろ。機動戦闘艇母艦は全機動戦闘艇を発進させ、転移してくる粛清者に対し先制攻撃を敢行せよ！』

『了解！』

　旗艦とともに行動していた機動戦闘艇母艦二隻と護衛の駆逐艦八隻は、その場で偽装外殻をパージし、銀色の船体を露わにすると、二隻の機動戦闘艇母艦を中心にして前後左右に二隻ずつ駆逐艦を配した陣形を組み、旗艦から離れた。

　――これで粛清者艦と同じシルエットの艦はこの旗艦だけになった。敵の目は、まず直掩艦隊に向くはずだ。この旗艦をただの廃艦と見てくれれば、逃げきることができるかもしれない。

恵一は戦術支援AIに尋ねた。

『現在地点で脱出したさい、脱出ポッドが遠距離支援ゲートを通じて安全圏に到達できる確率は何パーセントだ？』

『現在座標で、およそ八十三パーセントです』

『確率が九十パーセントを超える空域は周囲にあるか？』

『第十惑星軌道を超えた先に、重力波の凪状態となった空間があります。現在の速度ですと、そこまでの所要時間はおよそ二十二分です』

『そこを新しい脱出地点とする。そこに向かえ！』

『了解しました。進行方向を変更します。加速しますか？』

『いや、敵の目を惹きたくない。現在の速度を維持しろ』

『了解』

恵一は考えをめぐらせた。

――全員が無事に脱出できる確率が十割なら言うことはないが、九割以上ならそれで良しとすべしだろう。探せばもっと確実な地点が見つかるかもしれないが、この状況ではそれは無理だ。

恵一は、意識空間のリンクを長距離偵察戦闘艦隊の総司令部のリンクに繋いだ。

『粛清者の転移攻撃地点と脱出地点が重なりました。われわれは脱出地点を変更します』

すぐに第三艦隊の司令官であるキカミ少将から思念の打ち返しが来た。

『第三艦隊のキカミだ。状況は把握している。直掩艦隊を分離して、旗艦のみが脱出地点に向かう、ということでよろしいか？』

『そのとおりです。直掩艦隊を囮《おとり》として使い、本艦は偽装外殻を纏って廃艦を装いつつ、脱出地点に向かいます』

『了解した。では脱出支援艦隊は針路をそのままに保ち、転移地点で粛清者と戦闘に入り、粛清者の関心をこちらに惹く。無事に脱出することを祈る』

キカミ少将は簡潔に情報を伝えると、リンクからはずれた。

――こちらの意図を確認して、それに沿うように動く。そこに迷いも衒《てら》いもない。何も考えていないみたいな茫洋とした外見とは大違いだな。〝ひるあんどん〟の二つ名は伊達《だて》じゃない、ということか。

恵一は小さくうなずくと、思念リンクを機動戦闘艇部隊の共通リンクに繋いだ。

『艦隊司令のアリサカだ。状況はすでに理解していると思う。現在、転移地点に転移してきている粛清者の総戦力はいまだに判明しないが、転換質量から見て千隻を超える可能性がある。圧倒的に不利な状況だが、転移攻撃の場合、実体化したと同時に攻撃することで、敵の反撃を封じることができる。圧倒的多数が少数を殲滅《せんめつ》することは容易で、その逆は困難だ。不可能と言ってもいいだろう。だが、あえて諸君らに命ずる。困難を排し、不可能を可能にせよ。未来に繋がる勝利を！』

思念リンクから恵一の思念がはずれたことを知ったエミリーは悪態じみた思念を返した。

『……〝困難を排し、不可能を可能に〟しろ？　そうよね。口でならなんとでも言えるわよね……』

『……怒ってるの？』

カラムがおずおずと聞くと、エミリーは首を振ってから、にやっと笑った。

『全然？　アリサカ司令は口で言うのが仕事。そしてあたしは、それをやるのが仕事。それだけのことじゃない！　行くわよ！　第二艦隊、機動戦闘艇第一小隊、全速前進！　われに続け！　タリホー！』

エミリーはそう叫ぶと、機動戦闘艇の推進機を全開にして、転移しつつある粛清者艦隊に向けて突撃を開始した。

それを見ていた機動戦闘艇部隊の指揮官であるカラヤイアン中佐は、小さくため息をついたあとで思念命令を発した。

『〝かくて暴れ馬は解き放たれり〟……ってわけか。よし、われわれも行くぞ！　第一小隊が正面に突っこんだ。第二小隊は右に、第三小隊は左に、第四小隊はわたしと一緒にエリアの下に向かう！　敵艦が実体化するのと同時に、対艦ビームを撃ちこめ！　一隻でも多く破壊するんだ！』

転移攻撃が始まった空間では、質量実体化による空間のゆらぎが無数に見え始めていた。最初に転移攻撃してくる空間に飛びこんだのは、エミリーだった。急激な重力波の変化が危険度に達したことを告げる警告音が鳴り響くのを聞きながら、エミリーはすばやく光学センサー画面を見つめた。空間のゆらぎの中に、無数の棘のついた黒い物体が浮かび上がり始めている。その物体の輪郭がもっともはっきりしている相手を選び出し、即座に大型機動戦闘艇の対艦ビームを、時間をおいて二発発射した。

一発目のビームは実体化しきっていない敵のシルエットを透過したが、二発目は実体化した敵影に命中した。そして敵艦が完全に実体化したとき、それはもはや残骸と化していた。

——あれくらいの輪郭なら、効果あり……よし覚えた！

エミリーは大型機動戦闘艇の下部にある対艦ビームの砲塔をまわして、同じような輪郭を持つ敵艦に対し、次々にビームを撃ちこみ始めた。ほかの機動戦闘艇部隊も到着したのだろう、転移空間のあちこちで、ビームが命中する閃光が瞬き始めた。

機動戦闘艇部隊は最初の十秒で、およそ二百隻を破壊した。だが、時間が経過するに連れて実体化する敵艦の数に迎撃が追いつかなくなっていった。そして一分後、ついに迎撃を免れた敵艦が、機動戦闘艇に対し発砲を開始した。

『くそ、据物斬《すえものぎ》りもここまでか！　機動戦闘艇部隊は散開し、機動戦を開始しろ！』

カラヤイアン中佐の指示を受けて、わがもの顔で転移空間内を飛びまわっていた機動戦闘艇は、いっせいに回避行動に移り、転移空間から離脱をはかった……エミリーを除いて。

『エミリー！　何をやっている！　早く離脱しろ！　周りは敵艦で充満するぞ！』

『敵のど真ん中にいるからこそ撃たれないの！　もし撃ってきたら、やつらを同士討ちに巻きこんでやるわ！』

エミリーはカラヤイアン中佐にそう答えると、ビーム砲を撃ちまくりながら、粛清者艦隊の中を前後左右上下関係なしに飛びまわり始めた。

ギリギリまで接近して、ひらりと飛び越えるエミリーの機体に向かって、対空用近接火器を発射し始める艦がいくつもあるが、その火線はエミリーの機体を捉えることなく、そのまま後ろにいる味方の艦に命中する。

『ざまあみなよ！　自分で味方撃ってりゃ世話ないね！』

エミリーは悪態をつくと、さらに敵艦の防御火網を翻弄するように飛びまわった。一分ほど過ぎたころ、モニターを見ていたカラヤイアン中佐の意識の中に、違和感が飛びこんだ。

――何かが変わったような気がする。それが何かはわからない。ただ、粛清者艦隊全体の空気が変わった、としか言いようがない。

それは、サーチー星系軍所属のベテランパイロットで、〝撃墜王《エース》〟と呼ばれたカライアン中佐だからこそ感じ取ることのできた戦況の流れだった。

『エミリー！　戦況の流れが変わった！　退避しろ！　今すぐにだ！』

もしこのとき、ここにウィリアムがいれば、絶対にエミリーをとめただろう。だが、ウィリアムはいなかった。

その指示を無視して戦闘を続けていたエミリーが見たのは、周囲の粛清者艦がいっせいに方向を変え、自分のほうに突っこんでくる光景だった。エミリーは機体をひねると退避できる方向を確認した。だが、逃げることのできる場所はどこにもなかった。粛清者艦は球形の檻を作るかのようにエミリーの機体を包みこんでいた。

――檻に入れられたら、檻を食い破ればいいのよ！

エミリーは目の前の粛清者艦に対艦ビームを撃ちこむと、爆散するであろうその艦に向けて加速した。ビームを命中させた粛清者艦は、艦体中央から二つに折れて爆発した。

その二つに折れた艦体の隙間に向けて、エミリーが機動戦闘艇の機体を突っこませたそのとき――。

エミリーの機体の後方から、戦列艦のものと思われる巨大なビームが撃ちこまれた。それは、加速した粒子を収束させることなく撃ち出した、いわばビームの散弾のようなものだった。ビームは収束させることで威力と射程が増す。収束させなければ、エネルギーは拡散し、威力も低く射程も短くなる。だが、至近距離でその粒子を浴びれば、その破壊力は遠距離収束ビームの比ではない。ビームはエミリーを包囲した艦ごと、すべてを加速粒子で消し去った。

『やられた！　ウィル！　ごめん！』

それがエミリーの最後の思念だった。

だが、このときまでのエミリーを始めとする機動戦闘艇部隊の活躍によって、粛清者は転移させた艦を艦隊として編成させることができなかった。粛清者が艦隊行動を取るために艦隊編成を始めたそのとき、数十発の遠距離ビームが編成中の粛清者艦に命中したからだ。戦艦などの大型艦はそのビームをシールドで防いだが、駆逐艦などの小艦艇はそうはいかなかった。シールドの恩恵を受けていない駆逐艦数隻は、その場で閃光と化した。

『お待たせした！　第三艦隊、これより脱出支援任務を遂行する！』

キカミ少将の思念が流れると、第二艦隊の将兵たちの思念リンクに歓声が満ちた。

『やっと来てくれた！』

『よし、あとは脱出するだけだ！』

『今回の任務はパーフェクトじゃねえの？』

『いや、気を緩めるな。無事に泊地に帰るまでが任務だぞ』

『なんだかピクニックの引率の先生みたいだな』

恵一は、目の前のモニターに映し出されている、現在の状況を再度確認した。

――脱出可能空域まであと三十秒か……よし。

――脱出支援艦隊は戦闘に入った。現在こちらを追尾している敵影……なし。

――第一艦隊は第四惑星の探査を終え、現在惑星を離脱。脱出ポイントまであと二分か。

こちらも敵の追尾、および妨害は……なし、と。

するべきことはほぼ終えた。あとは無事に部下を連れて帰るだけだ。

恵一は思念を長距離偵察戦闘艦隊総司令部にリンクした。

『報告します。第二艦隊はその主要任務である陽動作戦を充分に果たしたと思われます。これより戦場を離脱します。脱出の許可を願います！』

恵一の目の前に立ったロウラン中将は、にっこりと笑って言った。

『よくやってくれた。きみはわたしがのぞんでいた以上の成果をもたらしてくれた。脱出を許可する』

『ありがとうございます！　では、これより脱出シークエンスに入ります！』

恵一は敬礼して、リンクを離れた。

「脱出準備はできているか？」

恵一はコムロット准将に聞いた。聞かなくともデータを見れば一目瞭然だが、そこは形式というものがある。

コムロット准将は敬礼して答えた。

「準備完了しております!」

「よし! 第二艦隊、脱出!」

恵一が命令を下したそのとき、意識空間に指導AIの思念が流れた。

『状況終了! 第二艦隊は、現時点で演習状況を終了とする。第一艦隊、第三艦隊はいまだ演習中であるため、諸君らのリンクは、以後オブザーバーモードとして扱われる。彼らの状況を知ることはできるが、こちらからの呼びかけはいっさいできない。追って指示するまで、諸君らは待機とする。ご苦労だった』

恵一は、大きく息を吐くと、司令官席にくずおれるようにすわった。

「終わったぁぁぁあああ!」

「おめでとうございます!」

嬉しそうなコムロット准将を見て、恵一はいたずらっぽく笑って見せた。

「講評はまだだ。おめでとうを言うのはまだ早い。もしかしたら、とんでもないポカミスをやっているかもしれん」

「そんな!」

驚く准将に恵一は首を振った。

「冗談だよ。きっとうまくいったさ。指導AIの口ぶりから見るにね……」

「そうですよね！」

嬉しそうなコムロット准将を見て、恵一は思った。

――パーツとは違うが、この人もいい人だな。頼りになるし、状況判断も的確だ。何より、人間性に裏っぽい部分が感じられない。裏のない人間はいない。それを見せていることに気がつかない人間と、それを見せないことが自然にできる人間がいるだけのことだ。

意識空間に飛び交う艦隊員の喜びの思念の渦のど真ん中にすわって、その思念を聞いていた恵一は、なんとなく、この艦隊ならどんな任務でもうまくこなせるような気がした。

6　第二期練習生

地球の公転軌道上にあり、太陽と地球を結ぶ線を底辺として描く正三角形の頂点にあたる部分——通称トロヤ点と呼ばれるこの地点は、天体の引力が拮抗する、いわゆるラグランジュポイントのひとつとして古くから知られており、スペースコロニーを建設する場所としてさまざまな物語の舞台にもなっている。

太陽系に来たアロイスが最初に簡易ゲートを建設し、物資集積用の宇宙ステーションを作ったのも、このトロヤ点と呼ばれる場所だった。地球の公転軌道上には、L4、L5と呼ばれる二カ所のトロヤ点と、太陽を挟んだ地球の正反対の位置にあたるL3の三つのラグランジュポイントがあり、そして地球と太陽を結ぶ線上に位置するL1、地球の外側に位置するL2という二つのラグランジュポイントもある。

粛清者《しゆくせいしや》の恒星反応弾攻撃を受ける以前は、この五つのラグランジュポイント上には、通常型の転移ゲートや、試験運用されていたスペースコロニーと実験プラント、そして地球連邦宇宙軍の泊地《ベース》など、さまざまな施設が置かれていたが、粛清者の恒星反応弾攻撃により、地球の陰に位置するL2上に退避した施設以外はことごとく壊滅した。L2に退避した施設も、地球をまわりこんで吹きつけてくる強烈な太陽風のために甚大な被害を受けたが、ほかの施設のように太陽に炙《あぶ》られて跡形もなく溶融し吹き飛ぶことだけは避けられた。とはいえ、損傷は激しく、修理するには時間と労力が必要となるレベルだった。そのため地球連邦は、恒星反応弾によって生じた太陽の表面爆発時に木星軌道上や土星軌道上などにあった施設の中で、惑星の陰に退避して損傷を最小限に抑えることに成功した施設を、地球の公転軌道上まで移動させ、その施設を使用することとした。

幸いなことに、冥王星防衛ライン上に設けられていた迎撃型機動戦闘艇の基地や、木星の衛星軌道上に設置されていた簡易ゲートなど、数多くの施設が生き残っていたことから、これらの施設を繋ぎ合わせ、惑星環境が激変した地球を元に戻すテラフォーミング活動に必要な資機材を受け入れるための臨時宇宙ステーションを建設した。

地球環境の復元テラフォーミング活動が本格化するのと同時に、受け入れる資機材は膨大な量となり、地球の衛星軌道はもとより、公転軌道上のラグランジュポイントにも、さまざまな物資が大量に備蓄されることとなった。

木星の軌道上に浮かぶ、教育コロニー・アルケミスの管理棟にある総合管理室で、光学モニターに映し出された地球を見つめながら、この宇宙軍士官学校の最高管理者であるリーは、自分が最初にアルケミスに来たときのことを思い返していた。

——おれたちが初めてアルケミスに来たとき、アルケミスは月軌道上のラグランジュポイントにあった。アルケミスから見える地球は青く美しく輝き、おれは地球を見るたびに、そこが自分たちの故郷であり、守るべきものだと心に刻んだ。だが、この木星軌道から見る地球は、数ある星の中のひとつでしかなく、地球の姿はモニター越しに見ることしかできない。

今の地球に近い月軌道上のラグランジュポイントは、地球環境復興用の資材と、地下シェルターで暮らす地球人への支援物資の集積場として使われ、アルケミスを置いておくスペースはない。それは理解している。だが、それを理解した上で、練習生には自分たちの故郷を見せてやりたいと思う。もしかすると、銀河文明評議会は地球人に対して、地球の呪縛から解き放たれて、もっと広い視野を持たせるために、あえて地球が見えない位置にこのアルケミスを置いたのかもしれない……。

そこまで考えてから、リーは小さく首を振った。

——いや、今のは考えすぎだろう。アルケミスを木星軌道上に置いた理由を考えるのはいい。だがそこに誰かの意図を勝手に作り上げて、それを前提に物事を考えるのは、視野狭窄《きょうさく》以外のなにものでもない。

リーがそこまで考えたとき、目の前のモニターにウィリアムのアイコンが瞬いた。視線をアイコンに合わせると同時に、それを読み取った支援AIが通信を繋いだ。

『教務主任のウィリアムです。お呼びでしょうか？　大佐』

モニター画面の中で少し不安げな顔をするウィリアムを見て、リーは安心させるように微笑んで見せた。

『心配そうな顔をするな。プライベートな用件だ。先ほど、アロイスの太陽系防衛軍総司令部を通じて、ケイローン軍第三軍の事務かたから連絡があった。長距離偵察戦闘艦隊の訓練が成績優秀ということで当初の予定よりも早く終わったため、出向している途上種族の将兵に対し、三日間、ないしは四日間の休暇が与えられるそうだ』

リーの言葉を聞いたウィルの目が、まん丸になった。

『休暇……ってことは、帰ってくるんですね！　あ……でも、シュリシュクからだと、帰ってくるだけで四十八時間くらいかかるから、無理なのか……』

『その件だが、なんでも上級種族専用の快速連絡艇を使わせてもらえるらしい。これを使うと、シュリシュクから六時間ほどとのことだ』

『六時間？　たった六時間で、シュリシュクから太陽系に戻ってこられるんですか？』

ウィリアムの目が、さらにまん丸になった。

『ああ、おれも驚いた。〝魂の試練〟を受けるためにシュリシュクに向かったときは、待ち時間を含めて三日以上かかったからな。そのときから比べると、嘘みたいな時間短縮だ』

リーはそう答えたあとで、ウィリアムの表情がいまひとつ優れないことに気がついた。

『どうした？　エミリーが帰ってくるんだぞ。嬉しくないのか？』

『あ、いえ、それは嬉しいです。すごく……でも、わたしに休暇はありません。第二期練習生のカリキュラムを進めなくてはなりませんから……』

『ああ、そうか、そうだったな。カリキュラムを変更しておまえに休暇をやりたいところだが、第二期練習生は機動戦闘艇の教場単位で部隊戦闘を開始したところか……』

『はい。教官は全員敵軍を演じなければなりません。ドローンやAIに任せることができない仕事です』

『そうか……』

リーはしばらく考えたあとで、何かを思いついたように顔を上げた。

『エミリーには、実家のような、身を寄せる場所はないはずだな？』

『はい。太陽系防衛戦のときの休暇で、生まれ故郷のアイルランドに行ったのですが、生まれ故郷になんの義理もないと言って、カンザスにあるわたしの実家に来てしまったほどですから……』

ウィリアムの言葉を聞いたリーは、小さくうなずいた。

『なるほど。つまり、エミリーは地球に降りる必要はない、このアルケミスに来てもらっても構わない、ということだな』

『アルケミスに？』

『ああ、そうだ。第二期練習生の訓練カリキュラムが機動戦闘艇の部隊戦闘で、教官が敵にまわるとしたら、エミリーはまさに適役だとは思わないか？　第二期の練習生は、なんというか、カンがいいというか、機動戦闘艇のシミュレーションの成績は、おれたち士官候補生第一期生よりも上だ。第一期練習生のおまえたちより腕のいいやつも何人かいる。実際に機動戦闘艇に乗りこんで戦えば、経験を積んでいるぶん、おれやおまえが勝つかもしれないが、その経験によるアドバンテージがいつまで通用するかわからない。〝銀河文明評議会が地球人に対して行なったマインド・リセットの効果は、世代が下がるに従って出てくる〟というアロイスの言葉どおりだとしたら、第二期の連中は、まさしく宇宙世代の地球人ということになる。だが、やはり教官は練習生にとって、簡単に越えることのできない壁であるべきだと思う』

『エミリーをその壁に使おう、ということですか？』

リーは悪戯《いたずら》っぽく笑った。

『エミリーだけじゃない。おまえさんもだ。おまえら二人をペアにして、練習生にぶつけるつもりだ。おそらく最強のペアになるだろう。練習生の連中も、士官学校に入学してもうすぐ三カ月だ。最近ではすっかり慣れてきて、少し気が緩んでいるところも見受けられる。ここらで、がつんとトラウマになるくらいの経験を与えておくのもいいと思う』

ウィリアムはしばらく考えていたが、やがてうなずいた。

『わかりました……そういうことでしたら、リー大佐にお任せします』

『エミリーにはきみから伝えるかい？　それともわたしから？』

『わたしからメッセージを送ります。一日二回の個人定期通信を申請してありますから、そのときに……』

『そうか。エミリーが嫌だと言ったら、無理強いはしないが……嫌と言うとは思えんな。よろしく頼む』

『了解しました！』

ウィリアムが敬礼すると、リーは答礼を返し、思念通話のリンクを切った。

誰もいなくなった意識空間の中に立って、ウィリアムは思った。

――リー大佐に相談しようと思っていたんだが……解決策が向こうからやってきてくれた。第二期の悪ガキどもにとって、これがいい薬になればいいんだが……。

ウィリアムが〝悪ガキ〟と呼んだのは、第二期生の中にいるウィグス、クリストファー、ヴィンチャイという三人の練習生で、リーが先ほど〝シミュレーション戦闘で、第二期生のウィリアムよりも腕が立つやつがいる〟と言ったのは、この三人のことを意味している。

機動戦闘艇のシミュレーション戦闘で、エース級のAIが操縦する敵機と初戦で互角に戦い、三戦目には勝ってしまうほどの腕前だ。第二期生は平均して空間把握能力が高いが、どうやらこの三人は飛び抜けているらしい。問題は、この三人がその優秀さを鼻にかけて、士官学校内の規律や規則を無視し始めているということだった。

おまえたちが優秀であることは間違いない。それによって敬意を払われることも当然のことだ。だが、それは義務を果たさなくてもよいということではない。そうウィリアムは何度も諭《さと》したが、まったく効果がない。それどころか、逆に小馬鹿にした態度を見せるときすらあるという始末だ。

——同僚のユージンとかオルガ主任とかは、言わなくてもわかるやつなら言わなくてもいいが、言ってもわかんないやつだからこそ、言わなきゃいけないんだ〟と言うんだが、どうにもぼくにはそういうお説教が苦手だ。この士官学校には、十四歳になったすべての地球人の子供に対して適性検査を行なったアロイスが〝適性がある〟と判断した八百人しかいない。だとしたら、その適性検査の中には、自分を客観的に見るとか、協調性とか、そういうものも含まれているはずだ。普通に話して理解できないことはないと思うんだけど……。

ウィリアムは小さくため息をついて、自分の担当する練習生が待っている訓練棟に向かった。

リーや恵一たち、教官となるための士官候補生が入学していたころには、古い無人の居住施設が広がっていた区画は完全に取り壊され、白と青のツートンカラーに色分けされた、直径三メートルほどの大きさのトレーニングカプセルがずらりと並んだ訓練棟になっている。四階建ての建物のワンフロアに並んだカプセルの数は、およそ五百基。この建物全体で二千基に及ぶトレーニングカプセルが収容されている。入学している士官学校生の数よりもはるかに多いが、それは地球防衛のために徴用された迎撃型機動戦闘艇のパイロットを訓練するために増設されたものの名残である。

ウィリアムがトレーニングルームの脇にあるブリーフィングルームに入るのと同時に、ウィリアムが担当している教場練習生の総代であるクリストファーが号令をかけた。

「練習生、きをつけーっ！」

ブリーフィングルームの中にいるウィリアムの教場生四十人が、いっせいに立ち上がって、直立不動の姿勢を取った。

「敬礼！」

総代の号令と共に四十人がいっせいに敬礼する。

ウィリアムが答礼を返し、総代に向かって小さくうなずくと、総代が号令を発した。

「練習生、着席！」

全員が席に着いたのを見て、ウィリアムが話し始めた。

「さて諸君、シミュレーションは次の段階に来た……」

そこまで語ったとき、ブリーフィングルームの中にかすかな笑いが起こった。

——なんだ？　ぼくは何か変なことを言ったのか？

ウィリアムは自分の言葉を反芻《はんすう》してみたが、特に思いあたるようなところはない。あらためて練習生たちを見まわすと、ウィグスとヴィンチャイの二人が、ニヤニヤ馬鹿にしたような笑いを浮かべているのが見えた。

——そうか。きっとこの二人が、ぼくがここに来る前に何かぼくを馬鹿にするようなことを言っていたのだろう。やりたいやつにはやらせておけ。ぼくは教官で、彼らは練習生だ。対等に相手をするようなことはない。

ウィリアムは言葉を続けた。

「……個人の技量というのは重要だが、それがすべてではない。強大な多数の敵を相手に個人ができることはかぎられている。われわれの敵、粛清者は集団で攻めてくる。常に数の優位を求め、その数の力で攻めこんでくるやっかいな敵だ。集団には集団で立ち向かうしかない。本日から行なわれる分隊訓練は、〝四人でひとつの分隊を編成し、襲撃してくる敵から拠点を防衛する〟というものだ。今回からはチーム戦であり、採点基準は今までの個人戦闘とは異なり、サポート、カバー、デコイなどの行動に対しても加点される。これからは〝自分がどう戦うか〟だけではなく、〝仲間をどう助けるか〟ということも考えなくてはいけない。自分の位置と分隊員の位置を常に頭に入れて動くことだ。なお、分隊員の編成はランダムで行なわれる。三分後にトレーニングを開始する。トレーニンググルームに向かい、自分のシリアルナンバーで登録されたトレーニングカプセルに搭乗せよ。わたしからは以上だ」

ウィリアムが、総代であるクリストファーを見ると、クリストファーは立ち上がって号令をかけた。

「練習生起立！　敬礼！」

ウィリアムが答礼を返してブリーフィングルームを出るのと同時に、練習生たちがいっせいに駆け足でトレーニングルームに向かい始めた。

ブリーフィングルームの並びにある教官用のモニタールームに入ったウィリアムに、シミュレーションシステムの管理官であるアロイスのケルヒアが言った。

「シミュレーションシステムは、異常なし。分隊の編成メンバーのリストは、こちらに表示してあります」

「ありがとうございます」

そう答えて教官席にすわったウィリアムを見て、ケルヒアが言った。

「ブリーフィングルームで主任が説明しているとき、練習生が笑いましたよね？　理由をご存じですか？」

ウィリアムは肩をすくめて答えた。

「想像はつきます。クリストファーとウィグスとヴィンチャイたちが、わたしの物真似でもやっていたんでしょう。わたしたちも練習生だったころに、教官の口癖や表情を真似て楽しんでいましたからね。それほど目くじらを立てるつもりはありません」

ケルヒアは、眉をひそめて言った。

「そういう力関係の弱い側が、教師とか上司のような力関係の強い相手の真似をして笑うというのはよくありますが、根底に敬意と親愛の感情が見えるものと、嘲笑することだけが目的の悪意があるものがあります。わたしは、今日のブリーフィングルームにおける彼らの言動は、どうにも敬意と親愛があるようには見えませんでしたね」

「敬意と親愛のためには信頼関係が必要です。つまり、彼らはわたしを信頼していないのでしょう。そしてその原因はわたしにあります。自分の力不足からきた結果は、甘んじて受け入れるしかありません」

ウィリアムの言葉を聞いて、ケルヒアはため息をついた。

「はあ……確かに主任は、最初のシミュレーション戦闘であの三人よりも低い点数しか出せませんでした。しかし、人には向き不向きがあります。シミュレーションではない実機を使用した訓練や、分隊、小隊単位での戦闘における状況判断と部下の指揮管制は、おそらくこの士官学校の教官の中でも、ウィリアム主任の右に出る人間はいないでしょう。シミュレーション戦闘の結果だけで教官を見下すというのは、いくらなんでも無思慮で短絡的です」

「確かにあなたの言うとおりです。でも、それを聞いただけで理解できるのは、そういう経験を積んでいるからです。体験したことのない彼らに、いくら口で言っても、彼らは納得しないでしょう。彼らはそれをこれから経験するのです」

ウィリアムはそう答えると、シミュレーションシステムの管理コンソールにある感応端末に触れて、シミュレーションカプセルの中にいる練習生に思念を送った。

『感応端末による思念リンクを確認した。これより訓練を始める。今までの簡易タイプと違い、このカプセルには、重力波による機動時の疑似慣性が生じるようになっている。実機に比べれば三分の一程度だが、慣性吸収システムの使いかたが遅れるとかなり身体に負荷がかかる。しかし、精神と肉体に生じるストレスをシステムが自動的に判断して、諸君らがダウンする前に訓練中止になるので、安心しろ。では、思念リンクを分隊単位に制限する。シチュエーション、及び敵の情報については、戦術支援ＡＩから指示される。いまから五秒後に射出する。侵略者と戦って、拠点を守れ！』

ウィリアムはそう言い残すと、リンクをはずした。

目の前の管理画面には、四人一組の分隊ごとに、個人の戦闘画面と、シミュレーション空間内の位置を示した三次元立体表示が浮かび上がった。

戦術支援ＡＩから状況説明を受けて、その内容を理解し、自分たちの配置地点を即座に割り出したのは約半分で、残りはどこに行けばいいのかＡＩに聞いて、それに従った。

――戦術支援ＡＩが指示したのは、あくまでもセオリーだ。敵の数と襲来する方向が判明した時点で、迎撃方法と分隊員の割り振りなどを判断しなくてはならないが、それを判断できずに、いちいち戦術支援AIにおうかがいを立てているようでは、後手後手にまわることになり、敵の行動に追いつかなくなる。それに気がつくかどうか、だな。

ウィリアムはそんなことを考えながら、シミュレーションシナリオを確認した。

──演習時間は体感で五十分、実勢時間は三十分。敵はベテランパイロットの操縦する戦闘機二機と、拠点攻撃用の実体弾を装備したノーマルパイロットの操縦する攻撃機四機の合計六機。もしくは比率を逆にしたノーマルパイロットの操縦する戦闘機四機と、ベテランパイロットの操縦する攻撃機二機。どちらになるかはランダムで決まる。演習開始後、体感時間で四十分経過したところで、増援としてプロクラスのパイロットが操縦する攻撃機二機がやってくるが、この敵の増援に関する情報は戦術支援AIの事前説明にはない。センサーが反応して初めて知ることになる……六機全部落としたから、と気を緩めていれば、拠点は破壊されてしまうだろう。この戦いはスタンドプレイだけで切り抜けることはできない。チームワークが必要になる。分隊長に指定された人間は自分が戦うことだけを考えるのではなく、仲間にどこで、何をするのか、具体的な指示を出さなくてはならない。

「敵機を先制するために制空戦闘を仕掛けた分隊が戦闘に入りましたね」

ケルヒアの言葉どおり、メインモニターに並んだアイコンの中に、目まぐるしく変わる戦闘場面がいくつか映し出されている。

「接敵一分で、クリストファー練習生が敵の攻撃機を撃破しました。一番乗りです」

ケルヒアの報告を聞きながら、ウィリアムは思った。

――総代に選ばれるだけあって、クリストファーは能力も知識も判断力も高い。そういった部分は、ぼくの教場の総代だったアレクサンダーと似ている。でも、なぜだろう。クリストファーからは、アレクサンダーのような親しみを感じない。ほかの人間を見下して、自分以外はみんな馬鹿だという意識を隠そうともしないせいだろう。それでは他人はついてこないのだということに気がつけば、変わることができるだろう。それに気がつくだけの優秀さを持っていることを望むしかないな。

ウィリアムはそんなことを考えながら、練習生たちのシミュレーション戦闘を見つめていた。

五十分の演習時間を終えたとき、拠点防衛に成功した分隊はわずか一分隊だけで、それ以外の分隊はすべて拠点防衛に失敗していた。

ウィリアムは、意識端末を通じて練習生に呼びかけた。

『さて諸君、結果は見てのとおりだ。結果を出した第六分隊と、諸君らの分隊と、戦いかたにどのような差があったのか、リプレイで追体験してみよう』

その言葉と同時に、ウィリアムの視点は、第六分隊の分隊長であるタンパ練習生の視点に重なった。

『この演習の目的は、五十分間拠点を守りきることだ。どうやって守りきるのか、その手段はさまざまだ。攻撃してくる敵を全滅させるというのは、目的を達成するための手段のひとつでしかない。拠点が無事ならば、敵を破壊しなくともよいのだ。拠点を攻撃できるのは実体弾を装備している攻撃機だけだ。つまり攻撃機だけを破壊すれば、拠点は無事なのだ。このあとのタンパ練習生の動きを見ていてほしい』

タンパ練習生の視点は、僚機三機を攻撃機に向け、自分一機で二機の戦闘機に立ち向かった。

『タンパ練習生、このとき、きみは二対一で自分に勝ち目があると思っていたかね？』

ウィリアムの質問にタンパ練習生の思念が答えた。意識空間のリンクを通じて、少し気弱そうな雰囲気が伝わってくる。

『いえ、勝てるとは思っていませんでした。ただ、攻撃機の迎撃に向かった仲間が敵の戦闘機に邪魔されないように、わたしが敵戦闘機を惹きつけておくべきだと考えました。わたしは機動戦闘艇戦闘は得意ではありませんし、シミュレーション戦闘の成績もあまりよくありません。ですから敵を撃破することを考えず、敵に落とされないように逃げまわることにしました……結果的に失敗しましたが』

ウィリアムはうなずいた。

『確かにタンパ練習生は、演習開始後二十分三十秒後に、敵戦闘機に撃破されることになる。ベテランクラスのAIが乗る二機に一機で挑んだのだから、当然といえば当然の結果だろう。だが、タンパ練習生が撃破されるまでの二十分三十秒のあいだに、同じ分隊員のパーチ練習生、キノシタ練習生、アルゴーニ練習生の三名は、敵の攻撃機四機の撃破に成功していた。分隊長であるタンパ練習生が撃破されたあと、分隊の指揮を執ったのはパーチ練習生だ。視点をパーチ練習生に切り替えよう』

ウィリアムの言葉とともに画面が切り替わり、機体をひねって逃げる大型の攻撃機の後方からパルスレーザーを連射しているコックピット画面になった。

ウィリアムはパーチ練習生に思念を向けた。

『パーチ練習生、きみは分隊長であるタンパ練習生から、どのような指示を受けていたのかね？』

答えたのは、活発そうな女の子の思念だった。

『はい。自分がやられたら、ただちに指揮を引き継ぎ、全力で全攻撃機を撃破せよ。戦闘機には拠点攻撃能力はないので、相手にしないで逃げまわっているほうがいい。たとえ分隊全機が敵戦闘機に全滅させられても、攻撃機さえ撃破できれば、勝利条件はクリアできる……というものでした』

ウィリアムはうなずいた。

『実に的確な指示だ。勝利条件を理解し、それにいたるための最適解を考え出し、実行する。何よりもその方法をほかの分隊員と共有し、たとえ分隊長がやられても、部下がそれを引き継いで実行するように指示を行なっている。分隊長としてするべきことをすべてやっている。それが結果に繫がったのだろう……さて、第六分隊の、その後の経過を見てみよう。撃墜されたタンパ練習生は、撃墜される前に、敵の戦闘機の推進機に損傷を与えていた。タンパ練習生から分隊長を引き継いだパーチ練習生は、キノシタ練習生とアルゴー二練習生に損傷した敵機への攻撃を命じ、自分は無傷の敵機の牽制に入る。損傷した敵機は二分後に撃破され、残りの一機となった敵戦闘機は逃走をはかる。演習の結果を分けたのは、このあとの対応だ。第六分隊の三機は、この逃走した戦闘機を追尾せず、拠点の防衛に徹した。演習を開始して四十分が経過したとき、突然センサーに表示された二機の攻撃機に対し、第六分隊は三対二の優位に立ってこれを迎撃し、拠点を守り抜いた……くり返すが、敵の撃破、それは拠点防衛という目的の手段のひとつでしかない。諸君らの多くは、この目的と手段を取り違え、敵の撃破のみにこだわった。敵戦闘機は諸君らを拠点から引き離そうとし、そして諸君らはその目論見にまんまと乗った。目の前に解決しなければならない問題が現われたら、まずその問題をクリアする条件を考えろ。その条件を満たす方法はひとつではないはずだ。いくつもの方法を思いつけ。そして思いついたら検証を加えろ。その方法を実行するとしたら、何が必要で、それは手に入るのか、そうやって実行可能な方法かどうかを確かめるんだ。われわれは士官となるためにここにいる。諸君らは、この士官学校を卒業すれば、階級は少尉だ。常に指揮官としての視点が求められることになる。目の前の敵をやっつけることしか考えない人間は、兵士をひきいる士官《オフィサー》ではなく、個人で戦う剣闘士《グラディエーター》のほうが向いている。ここにいる理由はない』

ウィリアムがそこまで言ったとき、ひとりの練習生の思念がリンクに飛びこんできた。それはクリストファーの思念だった。

『教官は敵を倒すな、というのですか？　それはおかしいと思います。臆病者の言いわけとしか思えませんが？』

『わたしは、〝敵の撃破、それは拠点防衛という目的の手段のひとつでしかない〟と言ったはずだ。人の言葉の一部分だけを取り上げて、極論に仕立て上げ、間違いだと決めつけるのは、もっとも稚拙な論法だ。それともきみは、〝わたしは他人の言葉を理解する能力もない愚か者です〟とカミングアウトしたいのかね？　そうだというのなら、別にとめはしないが……』

意識空間の中に、練習生の笑いが流れた。その笑いがクリストファーの怒りを買った。クリストファーは怒りに満ちた思念を返してきた。

『そもそも最初の説明にない攻撃機二機をあとから出すというのがアンフェアではありませんか？　教官も、こんなだまし討ちをやって、恥ずかしくないんですか？』

ウィリアムはゆっくりと言った。

『最初に戦術支援AIがきみに示した敵の数と種類は、同時にきみの警戒センサーにも表示されていたはずだ。つまり、戦術支援AIは、センサーに反応した敵の種類と数を告げたにすぎない。後半四十分に出現した敵攻撃機は、この時点でまだ警戒センサーの中に捉えられていない。ゆえにAIはきみに告げなかった。この演習における勝利条件は、〝五十分の演習時間内、拠点を守り抜く〟というそれだけだ。敵の総数が何機なのか、いつやってくるのか、それについて事前にきみに教えなくてはならない理由は何かね？〝これからの行動予定〟を事前に教えてくれる律儀な敵しか存在してはならないのかね？それに、〝後半四十分で増援の攻撃機が二機出現する〟というのは、きみの分隊のシチュエーションだけではない。すべての分隊のシチュエーションに対しても平等に出現する。フェアでないというのは、きみの分隊だけ敵が多いとか、きみの分隊だけ味方が少ないとか、そういうことを言う。違うかな？』

クリストファーは無言だった。

『わたしはきみの異議申し立てについて真摯に回答したつもりだ。それに対する返答が無言ということは、理解できなかったのかな？ならばもう一度、最初から説明するが？』

『わかりました！説明は結構です！』

『了解した』

ウィリアムは短くそう返すと、練習生たちに思念を向けた。

『きみたちは、ここで行なわれているシミュレーション戦闘を、ゲームのようなものだと思っているのだろう。だから、今回の後半に敵の増援が出現するというシチュエーションを、〝アンフェアだ、だまし討ちだ〟と捉えるのだ。ある意味それは仕方ないことなのかもしれない。諸君らが今まで経験してきたゲームやスポーツには厳然としたルールが存在し、審判がつき、ルール違反にはペナルティが科せられていた。だから、この士官学校におけるシミュレーション戦闘も、その延長上にあると考えてしまうのだろう。だが、それは大きな間違いだ。この先、きみたちを待ち受けている粛清者との戦闘に、いっさいのルールはない。戦闘員と非戦闘員という区別もなければ、〝正々堂々〟という概念も、〝だまし討ち〟という概念も存在しない。そこにあるのは、相手を絶滅させるか、こちらが絶滅するか、という究極の二者択一の戦争だ。正々堂々と戦いたいのなら別に構わない。それが矜持《きょうじ》だというのなら、それを守るがいい。しかし、自分がそれを守っているから相手も守るだろうなどと思わないでほしい。それは個人の範疇《はんちゅう》におさまる価値観でしかない』

ウィリアムはそこで思念を切ると、意識空間に居並ぶ練習生の顔を見まわしてから再び思念メッセージを続けた。

『さて、ここで考えかたの視点を逆にしてみよう。〝粛清者との戦いにはルールがない〟ということは、われわれが粛清者に対しても、〝正々堂々と戦う必要はない〟ということだ。だまし討ちでも、囮《おとり》作戦でも、伏兵でも、非武装の施設に対する攻撃でも、何をしても問題がない。戦いに対するフリーハンドが与えられている。ここで、今日のこの演習の教訓がいきてくる。勝利という答えはひとつしかない。だが、その答えを導き出す方法はひとつではないという教訓だ。勝利条件を満たすための方法はひとつではない。もし、戦わずして五十分間拠点を守り抜くことができる方法を考え出せたのなら、それは、戦いまくって敵を全機撃破し拠点を守り抜くことと同じ価値を持つ。方法が異なるだけで、結果は同じだからだ。人には、向き不向きがあるのと同じだ。これから先は部隊単位での戦闘になる。たとえ格闘戦《ドッグファイト》が不得手でも、索敵や情報分析など、リカバリーできる手段はいくらでもある。自分の得意とするもので結果を出せばよいのだ』

ウィリアムは意識空間で時間を確認した。視線をタイムカウンターに合わせるのと同時に、戦術支援AIが、実勢時間と今回のトレーニングの残り時間を意識の中に流しこんでくる。

──授業の残り時間は実勢時間で五分か。少し早いが、このあとは昼休みだ。少し早く終わらせるとしよう。

ウィリアムは、意識空間の中にいる練習生に対し最初の分隊戦闘訓練を終わらせ、このあとはそのまま約一時間の昼休みに入るように告げて、意識空間のリンクを切った。

「お疲れさまでした」

モニタールームのコンソールの前に戻ってきたウィリアムに、ケルヒアはそう挨拶すると、目の前のモニターを指さしておもしろそうに言った。

「ブリーフィングルームで、クリストファー練習生が、ほかの練習生からやりこめられていますよ。お聞きになりますか？」

「ああ、盗聴みたいで気が引けるけど、みんな、ぼくの教場の練習生だからね。あまりトラブルになってほしくない」

ウィリアムはそう言うと、ブリーフィングルームのモニターに映る映像と音声にアクセスした。

『クリストファー、その態度は何よ。まるで子供じゃない！　あなたは確かに頭はいいし、機動戦闘艇パイロットの才能もあるわ。だから総代に選ばれたんでしょうけど、あなたが優れているところって、その二つだけだわ。それ以外の部分は、何ひとつ尊敬できない。あなたはただのかんしゃく持ちの子供よ！』

クリストファーに向かってまくし立てているのは、シュガーベルという名前の練習生だ。勝ち気だが面倒見のよい子で、ウィリアムの教場にいる女子練習生のリーダーのようなポジションにある。

『うるさいな！　さっきのシミュレーションで負けたのは、おまえがちゃんと拠点を守らなかったせいじゃないか！　おまえさえ責任を果たして拠点を守っていたら、あのウィリアムにあんなこと言わせずにすんだんだ！』

言い返すクリストファーに、シュガーベルは負けていない。腹が立ったのだろう、口調が変わった。

『責任？　よく言うわね！　分隊長なのに、ほかの人間になんの指示もしなかったのはあんたじゃない！　ほかの二人を引き連れて逃げる戦闘機を勝手に追いかけていっちゃったのは誰よ！　あんたから受けた指示は、おまえみたいなシミュレーターの成績が悪いやつは、足手まといだからついてくるな！　って一言だけ。他人の責任を言い立てる前に、自分の責任はどうなの？』

『おれは責任を果たした！　おれひとりで、敵機を五機も落としたんだぞ？　個人撃墜数はおれがトップだ！』

シュガーベルは、そのクリストファーの言葉を鼻で笑った。

『はん！　何がトップガンよ！　あんたが何機落とそうが、そんなのは意味がないの。わたしたちの分隊が拠点を守れなかった時点で、負けたの！　いいかげん、その〝ケンカが強いから、おれは偉い！〟みたいな子供の価値観から卒業したらどう？　あんた、ナポレオン・ボナパルトって、大昔の英雄知ってる？』

『馬鹿にするな。知ってるに決まってるじゃないか。フランスの英雄で、皇帝になった男だ』

『そう、知ってるんだ。じゃあ話は早いわね。ナポレオンは、アウステルリッツの戦いで、オーストリアとロシアの連合軍八万五千人に、戦って勝ったわ。なんで勝ったの？　ケンカが強いから？　ナポレオンは、たったひとりで八万五千人の連合軍と戦ったの？　違うわよね？　ナポレオンは部隊を指揮して勝った。ウィリアム教官が言ってるのは、そういうことなのよ。わたしたちに〝ナポレオンになれ〟と言っているの！』

　黙りこんだクリストファーに、シュガーベルはたたみかけた。

『わたし、あんたがウィリアム教官を馬鹿にしてるのを見ると、恥ずかしくて仕方ない。今日、シミュレーションカプセルで機動戦闘艇に乗って、驚いたわ。慣性吸収装置を使っても、こんなに身体が振りまわされるのか、ってね。本物に乗ったら、どれだけキツいんだろうって、怖くなったわ。ウィリアム教官は、本物の機動戦闘艇に乗って、何度も実戦をくぐり抜けてきた人よ。何回も戦死して、アバターシステムで蘇ってきた、本当のベテランだわ。あんたは確かにシミュレーション戦闘で、教官よりいい成績を出したし、教官と戦って勝ったかもしれない。でも、それがウィリアム教官を馬鹿にする根拠になると思いこむ、その神経がわからない。それって、子供が大人のプロのギャンブラーにホームパーティの余興のポーカーで勝ったという理由で、おれはプロのギャンブラーより腕がいいと思いこんでいるようなものじゃない！』

『うるさいな、あいつは何やっても怒れない、どなれないヘタレなんだ。おれも最初は怖い人だと思ってた。でもよ、何やっても何言っても知らん顔して笑ってる。おれは気がついたんだ。あいつ、おれのことが怖いんだ、ってね』

得意気に言うクリストファーを見て、あきれたようにシュガーベルが言った。

『ホント、あんたってまるっきり子供なのね。怒らない、どならない人ほど怖いものはないのよ？　あんたの成績、誰が決めると思ってるの？　ウィリアム教官よ。前期試験が終わったあと、不適格者は士官学校から家に帰されるわ。書類に〝不適格〟って書かれてね。だからウィリアム教官は何も言わないのよ。怒らない、どならないってことは、ヘタレでも、あんたのことを怖がってるわけでもないわ。単に見捨ててるだけよ。成績表に〝不適格〟って書くだけで、目の前からいなくなっちゃうような相手に、怒るのも、どなるのもバカバカしいじゃない。なんでそんなめんどくさいことしなくちゃならないんだ？　そう思ってるだけよ』

クリストファーの顔から血の気が失せた。シュガーベルの言葉の意味を、自分が何をしてきたのか、彼はそれを初めて理解したのだ。

その顔色を見て、シュガーベルは気の毒そうに言った。

『やっと気がついたんだ。やっちゃったことは仕方ないよね。これからどうするか、それは自分で決めなよ。リカバリーできるかどうかわかんないけど、どうやれば自分の評価に少しでも加点できるか、それを考えて実行する意味はあるんじゃないの？　じゃあ、わたし、食堂に行くから。あ、そうそう、もう、あんたと分隊組むのは拒否させてもらう。じゃあね』

そう言い残してブリーフィングルームを出ていくシュガーベルを目で追うこともせず、クリストファーは立ちつくしていた。

「なんか、シュガーベル練習生が言いたいことを全部言ってくれたような気がしますね……」

ウィリアムと一緒にブリーフィングルームでのやり取りを聞いていたケルヒアが、苦笑いを浮かべて言った。

「もしかしたら、わたしがクリストファーと膝を突き合わせて言わなくてはいけなかったのかもしれません……」

ウィリアムの言葉を聞いたケルヒアは小さく首を振った。

「いえ、あなたが話したのでは、クリストファーは納得しなかったでしょう。自分を脅していると捉え、さらに反感を抱いたかもしれません。同じ練習生が言った言葉だからこそ、彼に届いたのだと思います」

「……そうですね。そうかもしれません。わたしに何ができるか、少し考えてみます」

「何ができるか……って、何を？」

怪訝な顔をするケルヒアに、ウィリアムは真面目な顔で答えた。

「クリストファーのケアです。彼は今、後悔と不安で押しつぶされそうになっています。わたしにも、何かできることがあるはずです」

その答えを聞いたケルヒアは、少し驚いたように目を見開いたあとで、にっこり微笑んだ。

「あなたは、教官に向いていますね……何かお手伝いすることがあったら、なんでも言って下さい。トレーニングシステムを管理運用することくらいしかできませんが、いつでもお力になります」

「ありがとうございます」

ウィリアムは、そう答えるとすなおに頭を下げた。

7 個人戦闘トーナメント

この日の夕方、第二期練習生が一日のカリキュラムを終えて居住棟の自室に戻ってきたころ、第二期生八百人に対し、士官学校校長であるリー大佐からメッセージが流された。『第二期練習生諸君に告げる。諸君らが受けている戦闘訓練は、先日よりステージ2に移行し、訓練内容は個人戦闘から分隊戦闘へ切り替わった。分隊戦闘カリキュラムを終えたあとで、前期の最終段階、教場単位の戦闘カリキュラムに入る。これは教場単位で部隊を編制し、集団戦闘を行なうもので、最終段階の仕上げに、教場同士で総当たり戦を行なうこととなる。しかし、集団を構成する個人の技量向上も必要不可欠であることは間違いない。それを考慮し、個人戦闘トーナメントを実施する。これは正規の教育プログラムではない。授業が終わったあとの課外時間を利用して行なわれるイベントであり、あくまでも練習生の自主トレーニングとして実施される恒例の行事である。このイベントの発案者は太陽系防衛戦で地球軍独立艦隊をひきいた士官候補生第一期生のアリサカ少将である。トーナメントの組み合わせはランダムで、毎日五組の試合が行なわれることとなる。イベントが開始されるのはおおむね二週間後を予定しており、本日より、夕食後の十八時から消灯時間まで訓練棟のシミュレーションカプセルを諸君らに開放する。詳細なルール、過去の個人戦の記録、それらをデータベースにアップした。各自目を通しておいてほしい。なお、このイベントに優勝しても、賞金も賞品も与えられることはない。記念品すら存在しない。残るのは士官学校の公式記録の中に記された名前だけである。だがこの名前は、地球人類が生存し、この士官学校がこの世界にあり続けるかぎり、語り継がれるだろう。優勝者には、歴史になる権利が与えられるのだ。諸君、戦って勝利を勝ち取れ。そして歴史に名を刻むのだ！　わたしからは以上だ……』

このメッセージが流れたあとの練習生食堂は、大盛りあがりだった。

「一対一の個人戦か。人間相手ってのは燃えるな」

「レギュレーション見たら、デコイもショートジャンプも、なんでもありなんだな。トリックプレイで切り抜けるってこともできそうだ」

「ああ、過去の戦闘アーカイヴ、ちょっと見たんだけど、光学迷彩使った待ち伏せ作戦とか、デコイを囮《おとり》にして、正面突破とか、いろいろな戦術を使う人がいて、すげえおもしろいぞ」

「そうか、じゃあ参考にさせてもらおうかな……おれ、格闘戦《ドッグファイト》がへたくそで、正面からぶつかっても勝てそうにないし」

「いいんじゃないの？　力でねじ伏せて、無双するだけが戦闘じゃないだろう？　クリストファーみたいに……」

食堂で夕食を食べたあとで、ドリンクバーのグラスを持って話をしていた練習生の片割れがそこまで言ったとき、その相手が、慌てて右隣のテーブルを胸元に当てた左手で、小さく指さした。

指さす方向に、クリストファーがすわっているのを見た練習生は、やばいという顔になって、グラスを持って立ち上がり、二人ともそそくさと逃げるように離れていった。

――力でねじ伏せて、無双するだけ……か。おれは今までそれでいいと思っていた。姑《こ》息《そく》な手を使わず正々堂々と正面から実力で戦って勝つ。それが正しいと。そしてそうやって勝つための努力も、惜しまずにやってきたつもりだ。でもここで教わることは、まったく逆だった。逃げまわってもいい。騙しても問題ない。敵の裏をかいて奇襲をかけても、隠れて待ち伏せても問題ないどころか、そうやってどんな手を使っても勝つことが正しい、という考えかただ。おれはそんな汚いやりかたで勝っても意味がないと思った。おれのほうが正しいと思っていたし、教場のみんなは、正しいおれの味方をするのが当然だと思っていた。なのに、気がつくと、おれに味方するやつはどんどん減っていった。

もしかして……おれは間違っていたんだろうか？　シュガーベルの言うように、おれはただのガキで、カッコイイことをやりたがっているだけなんだろうか？

クリストファーは食べかけのミートローフの皿にナイフとフォークを置いて立ち上がった。

——いや、おれは間違っちゃいない。この個人戦闘トーナメントで勝ち抜き、練習生のトップになれば、おれの正しさは証明されるはずだ！

食べ残しのミートローフの載ったトレイを食器下げのカウンターに置いたクリストファーは、その足で訓練棟に向かった。

訓練棟に続くプロムナードにある大時計は、午後七時三十分を示していた。教育コロニー・アルケミスは完全な閉鎖型コロニーであり、内部の居住空間は地球標準時に合わせて昼と夜が切り替わるようになっている。この季節のこの時間、西の地平はうっすらと明るく、空はまだ完全な夜の色をしていない。いつもならこの時間、ほとんど人がいないはずの四階建ての訓練棟は、一階から四階まですべてのフロアに灯りがつき、ざわざわとした、大勢の人の気配がした。

訓練棟の入り口を開けると、そこには十人ほどの練習生が集まって、雑談を交わしていた。違う教場の連中で、顔は知っているが名前は知らない人間ばかりだった。

そいつらはクリストファーの顔を見ると、話をやめて道を開けた。クリストファーは黙ったままそいつらのあいだを通り抜け、自分のシミュレーションカプセルがある三階に向かうため、エレベーターに乗りこんだ。

エレベーターのドアが閉まる直前に、集まっていた連中の言葉が断片的に聞こえてきた。

「……がクリストファーだろ？」

「腕は立つって話……にも勝ったって」

「あいつが……じゃないかって、もっぱらの噂だぜ」

クリストファーの耳にその言葉だけを残し、エレベーターの扉が閉まった。三階まではほんの数秒だ。ひと呼吸ほどで扉が開いた。シミュレーショントレーニンググルームに入ると、そこには同じ教場の練習生たちが十五人ほど集まっていた。

クリストファーは右手を小さくあげて挨拶すると、そのまま自分のカプセルに向かった。誰も話しかけてこないが、今のクリストファーにとってそれはありがたかった。戦闘トレーニングをする前に、よけいなことで神経を使いたくなかったのだ。

カプセルの側面にあるコントロールパネルの中央に右の手のひらを押しつけると、即座に認証され、カプセルが開いた。カプセルの中央には、フルリクライニング状態の黒い革によく似た素材が張られたパイロットシートが置かれ、頭上にはヘッドギアがある。このシートは、手触りは革のようだが通気性があり、慣性吸収装置が吸収しきれなかった慣性を受けとめるために、パイロットの姿勢をコントロールするマイクロアクティブアクチュエーターを内蔵している。クリストファーがシートにすわり、両手を左右の感応端末端子のついたコントロールスティックにのせると、上にあったヘッドギアが降りてきて、クリストファーの額から後頭部にかけて柔らかく頭を包みこんだ。

『シミュレーショントレーニングプログラムを起動します』

感応端末を通じて、トレーニング管理ＡＩがインフォメーションを送ってくるのと同時に、シートから身体固定用のフォームジェルが湧き出して、クリストファーの身体を包みこんだ。体温とシンクロしたフォームジェルは、熱くも冷たくもない。質感のある空気のように身体を包み、シートに保持してくれる。ひと呼吸ほどの時間のあと、クリストファーの意識空間の中にさまざまな訓練の選択項目が並んだ。その中に、アイコンが点滅している項目が二つある。そのアイコンに視線を合わせると、トレーニング管理ＡＩが説明を意識の中に送りこんでくる。

『アイコンが表示されているモードナンバー06と07は、個人戦闘トーナメント用にチューンされたモードです。06はＡＩを敵として戦うもので、敵の数と錬度を自由に設定できます。07は、参加者同士の戦闘を行なうもので、パイロットの名前を掲示板に表示し、挑戦者を待つシステムです。挑戦者はパイロット名の表示、非表示を選べます』

『非表示ということは、匿名で対戦できるということか？』

『はい。しかし匿名が許されるのは挑戦する場合のみで、対戦相手を募る場合は、匿名は使えません』

——おれは誰の挑戦でも受けてやる。かかってこい！　というわけか。そして挑戦してぶざまに負けても名前が晒《さら》されることはないから、挑戦するほうは気が楽だ。ランダムマッチよりもおもしろそうだな。それに正々堂々と戦えるのが気に入った。

クリストファーがモード07を選択してログインすると、挑戦者受付《マッチングリスト》の一覧に、クリストファーの名前と、搭載火器などのスペックが表示された。大型の慣性吸収装置と、射程は短いが連射能力の高いパルスレーザー砲を二門といういきわめてシンプルな、格闘戦を重視した構成だ。

意識空間の雑談チャンネルの中に、ざわめきが広がったのがわかる。

『見ろよ、クリストファーだぜ』

『ウィリアム教場の総代で、教官と対戦して勝ったってヤツか』

『第二期練習生の中でもトップじゃないかって言われてるヤツだろう？』

『おい、おまえ、ちょっと匿名で挑戦してこいよ』

『おまえこそ挑戦してみればいいだろう？』

ざわざわという思念が渦巻く中で、突然クリストファーの名前の下に、チャレンジャーの名前が表示された。名前は〈ユカリ・サイトウ〉。サコー教場の総代だった。

『チャレンジャーがいたぞ！　サイトウって、おまえの教場の総代だろう？』

『ああ、そうだ、派手なところはないが、きっちり追いこんでいくタイプだな。クリストファーとは正反対のタイプだ』

『こいつは見ものだな』

『トレーニングやんないのかよ』

『このマッチを見ているほうが、よっぽど勉強になりそうだ』

意識空間の雑談チャンネルは、雑談というよりも野次馬チャンネルになりつつあった。

そんな、ざわめきを頭の片隅で聞きながら、クリストファーは対戦相手の搭載火器を確認した。

——ハードデコイ一機とバルーンデコイ二機。パルスレーザー砲は高出力高精度タイプを二門。その代わり慣性吸収装置は容量を少なめ……格闘戦をする気はない、ということだな。

クリストファーの意識の中に、トレーニング管理AIがメッセージを送ってきた。

『挑戦者の火器装備に合わせて、こちらも装備を変更できます。どうしますか？』

『いや、いい、このままでいく』

『了解しました、ではマッチを開始します。戦闘エリアは共通設定09。戦闘時間は体感時間二十分、実勢時間十分、思考ブーストは二倍で行ないます。戦闘開始まであと十五秒です』

——共通設定09というのは、エリア内に小惑星がいくつかあるだけで、ほかには何もない設定だったはずだ……小惑星とデコイを使ったトラップに気をつけたほうがいいな。

クリストファーがそう考えたとき、思考ブーストが始まったのだろう、意識空間の中に表示されている戦闘開始までの残り時間を刻むタイムカウンターの進みかたが、がくんと遅くなった。そしてカウンターがゼロを表示した……次の瞬間。

クリストファーは、宇宙空間に浮かんでいた。

全周囲モニターには、早期警戒光学センサーが読み取った、宇宙空間に浮かぶさまざまな物体を危険度に応じて色違いの輪郭線で表示している。その表示を見るのと同時に、クリストファーは推進機を全開にして、スパイラル状の軌跡を描き、スタート地点から移動した。その直後に、長距離レーザーがさっきまでクリストファーの機体があった空間を切り裂く。

――やっぱり、開幕のワンヒットを狙ってきたか。あいつの搭載している火器は連射はできないが、高出力で長射程という狙撃銃のような性質の火器だったからな。

クリストファーはそんなことを考えながら、敵の発射位置を確認する。レーザーは直進する兵器だ。つまり発射と同時に、その位置を敵に示すことになる。

レーザーの発射位置は敵のスタート地点のすぐ近くだった。スタートと同時に発射したのだろう。

――ということは、もうとっくに敵は位置を変えているということだ。発射地点の近くに、隠れるのに手ごろな小惑星が三つほどあるが……そのどれかの陰に身を潜めているに違いない。

クリストファーは自機の速度を上げると、小刻みに針路を変えながら、三つの小惑星の中でもっとも近いものに向けて突っこんだ。距離を詰めていくと、光学センサーに機体らしきものが小惑星の陰から飛び出すのが見えた。クリストファーはそれを認識するのと同時に、射程ギリギリの距離から未来位置に向けて短く一連射を発射して、機体を、くん！と右にひねった。その一連射が命中し敵のシルエットが消失するのと、さっきまでクリストファーが飛んでいた軌跡の未来位置をロングパルスレーザーが貫くのは同時だった。

——おれが破壊したのはバルーンデコイで、そしていま撃ってきた場所が敵の位置、というわけだな。

クリストファーはそのポイントに針路を向けると、機体をひねり、スパイラルを描くような機動を行ないながら近づいた。発射地点方向にある、小さな小惑星の陰から三回ほどパルスレーザーの射撃を受けた。だが、照準がクリストファーの機体の機動についてこられないのか、三回の射撃はいずれも機体の後方をかすめただけで、命中しなかった。ぐんぐん距離を詰めてくるクリストファーに、不利であると判断したのだろう、挑戦者は小惑星の陰から逃げようとした。だが、クリストファーはその動きを読んでいた。短く二連射を加えると、飛び出した挑戦者の機体に穴があくのが見えた。次の瞬間、クリストファーは機体を急減速しながら方向を変えた。亜光速で移動していた機動戦闘艇を一瞬にして停止させ方向を変えたのだ。このときに発生する慣性エネルギーは膨大なものであり、慣性吸収装置が唸りを上げ、モニター内にある吸収エネルギー容量を示すバーがいっきに赤くなるが、クリストファーは気にもとめずに、遠距離にある小惑星に照準を合わせた。

——今の敵機は、パルスレーザーが命中したとき、シールド反応がまったくなかった。当たっても消えないということは、あいつはバルーンじゃない、ハードデコイだ。敵は、おれがあれを追いかけて撃つことを予想しておれに照準を合わせているに違いない。だとすれば、敵の位置はおれの真後ろの延長線上にある、あの小惑星の陰だ！

クリストファーの読みは当たっていた。挑戦者は小惑星の陰から躍り出ると、いっきに速度を上げて逃げ始めた。クリストファーは加速すると、その後ろを追尾した。挑戦者は機体の速度を変えたり、慣性吸収装置を使って急角度の変針を繰り返すが、クリストファーはぴったりと後ろにつけていく。ここにきて、デコイを複数搭載したために慣性吸収装置を小型のタイプに換装していた挑戦者は苦境に立つことになった。まっすぐ飛ぶだけなら慣性吸収装置は使わない。しかし、方向を変えたり、速度を変えれば、それだけで慣性は発生する。回避機動を行なえば、慣性吸収装置が吸収するエネルギーの値は跳ね上がる。追尾しているクリストファーも発生する慣性エネルギーはさほど変わらない。しかし、クリストファーが装備している慣性吸収装置は、格闘機動戦を行なうことを見越した大型のものだった。逃げまわる挑戦者は、苦し紛れに最後のバルーンデコイを射出したが、さすがにこの距離では、追ってくるクリストファーを騙すことはできない。そして競技を開始して五分四十秒が経過したところで、挑戦者はクリストファーの乗った機動戦闘艇に撃墜された。

『撃破を確認しました。ウィナーはクリストファー・ジェームズ。所要時間は五分四十秒。機体損傷なし。完全勝利と判定します』

意識空間にトレーニング管理AIのメッセージが流れ、意識がバーチャル空間から、現実空間へと戻ってきた。クリストファーは、トレーニングカプセルに身を預けたまま、大きく深呼吸した。意識空間の中の雑談チャンネルの思念が遠くから聞こえてくる。

『すげえ、わずか五分で片づけちまった』

『デコイを見きって、破壊して、ひたすら追い詰めていくところは、鳥肌が立ったぜ。すげえ迫力だった』

『あの二つ目のデコイを見きったあとの機動、見たか？　慣性吸収装置を気にしてたら、あんなことできない。度胸あるぜ』

『よくデコイを見分けられるよなあ。おれなんか全部本物に見えたぜ』

『だからおまえはすぐに負けるんだよ』

意識の中を通り過ぎていく見物人たちの思念を感じていると、トレーニング管理AIのメッセージが飛びこんできた。

『ただいまのマッチの対戦相手であるユカリ・サイトウより、パーソナルリンクの要請が来ております。アフターミーティングを行ないたい、との要望です。受諾しますか？』

クリストファーは小さく首を振った。

『負けたやつの言いわけなんか聞いたってなんの役にも立たない……そう伝えてくれ』

『了解しました』

このときクリストファーは、この敗者に対する態度がどういう結果を生むか理解していなかった。

クリストファーは強かった。このあと連続して五回対戦し、五回とも敵から一発も浴びることなく、ほとんどの戦闘を五分以内に終わらせてしまった。しかしクリストファーは、戦闘が終わったあとで、対戦相手や見学者といっしょにリプレイを見て講評し合うアフターミーティングを一回も行なわなかった。クリストファーから見れば、それは負け犬が傷を舐め合うようなものとしか捉えられなかったからだ。勝ち続ける彼は、負けた者の立場を想像することができなかったのだ。その結果は、クリストファーに対する挑戦者の激減、という形で現われた。夕食後、訓練棟に行ってトレーニングカプセルに入り、対戦希望のリストに名前を載せても挑戦するものは現われず、モード06の対AI戦闘を行なって宿舎に帰る日が三日ほど続いた。

そして四日目、いつものようにトレーニングカプセルのシートに身を預けたクリストファーは、マッチングリストに名前を登録した。だが、リストに載ったほかの練習生には次々に挑戦者が現われて戦闘に入っていくが、クリストファーの名前の下に、挑戦者が名前を記すことはなかった。十五分が過ぎ、対戦を諦めたクリストファーが、マッチングリストの自分の名前を取り消そうとしたそのとき、リストの下に、挑戦者を示すアイコンが瞬いた。名前の欄は〈UN〉、アンノウンの略称が表示されているだけだ。

——匿名《アンノウン》の挑戦者か。誰だかわからないが、ここしばらくAI相手で気分がむしゃくしゃしていたからちょうどいい。こてんぱんに叩きのめしてやる。

そんなことを考えながら、その匿名の挑戦者の火器構成を確認したクリストファーは驚いた。出力の弱いパルスレーザー砲が一門。慣性吸収装置はクリストファーと同じサイズ。それだけである。どう考えてもクリストファーよりもレベルの低い火器を、それも一門しか搭載していない。これは明らかにクリストファーに対する挑発だった。

雑談チャンネルに、見物していた練習生たちの思念が飛び交った。

『見ろよ、クリストファーの相手！　あんな装備で戦うつもりだぜ？』

『勝てっこねえよ。どうせ勝てないからって、どうでもいいと思ってるんじゃないのか？』

『でもよ、わざわざケンカ売るか？　もしかしたら、腕に自信があるのかもしれないぜ』

『それにしても無謀だろう』

クリストファーは雑談チャンネルとのリンクを切った。意識空間の中がすっと静かになり、入れ替わるように、意識の中にトレーニング管理AIがいつもの確認メッセージを送ってきた。

『挑戦者の火器装備に合わせて、こちらも装備を変更できます。どうしますか？』

『おれも挑戦者と同じものに変更する。低出力パルスレーザー砲一門で戦う！』

『了解しました』

AIの返事とともに、クリストファーの視界の中にある火器管制システムの画面が切り替わり、二門搭載してあったパルスレーザー砲が一門に切り替わった。

——豆鉄砲が一丁か……よほど接近しないと有効射にならないが、接近戦になるなら大歓迎だ。

クリストファーがそんなことを考えていると、いつものように、意識空間の中の戦闘開始までの残り時間を刻むタイムカウンターの進みかたが、がくんと遅くなった。そしてカウンターがゼロを表示した。

最初にクリストファーの意識の中に飛びこんできたのは、戦術支援AIの警告だった。

『敵機、最大戦速に加速！　ランダム飛行を行ないつつ、急接近してきます！』

AIのメッセージのとおりだった、敵機の位置を示す赤い光点は、飛んだり跳ねたり、まったく予想のつかない挙動を繰り返しつつ、ぐんぐんと距離を詰めてきていた。クリストファーは、〝生き残りたかったら一秒以上同じ軌道を飛ぶな〟という言葉を思い出しつつ、フットバーを蹴飛ばして、加速を開始した。

――へたに動くと後ろを取られる。相手に正対するような軌道を描きつつ、敵の隙を見つけるんだ！

クリストファーの機体と敵の機体は、共に正面に相手を見た状態で接近していく。

――我慢比べか？　このままだと正面からぶつかることになるぞ？　くそ！　針路を変えろ！　そっちが変えれば、そこに食らいついていけるのに！

だが、敵はクリストファーの思惑を見透かしたかのように、ほとんど針路を変えずに突っこんでくる。小刻みに、本当に小刻みに機体の位置を変え、パルスレーザーの射線から機体をはずしている。そのテクニックに、クリストファーは舌を巻いた。

――すごい。パターンが完全にランダムってことは、あの機動はＡＩに任せたルーティンではなく、パイロットの意識によるコントロールってわけか！　こんなテクニック使えるやつがいたのか！

だが、みるみるうちに接近してきた敵機は、一定の距離まで近づくと、ぱたっと蝶番《ちょうつがい》で板を返すかのように方向を変え、クリストファーに背中を見せて逃げ始めた。

――しめた！　敵が逃げ出した！　追いかけて……。

そこまで考えてから、クリストファーはあることに気がついた。

――いや、待てよ。今まであいつが見せた機動とか、接近速度とか、どう考えてもあそこで逃げ出す理由がない。もし、理由があるとしたら……挑発だ。あいつはおれを誘っていやがるんだ！　落とせるものなら落としてみろ！　と……。

クリストファーは逃げる相手を追い始めた。だがその速度は、最大戦速の七十パーセントに抑えていた。

――挑発に乗って最大速で追いかけ、射程距離内に近づいてパルスレーザーを浴びせる……それが当然だ。昨日までのおれなら、当然そうやっていただろう。そしてあいつはそれを予想していたはずだ。つまり、こいつは罠だ。もし最大速であいつを追いかければ、何かとんでもない方法で逆襲される……そんな気がする。考えろ、考えるんだ。おれがあいつなら、どうする？　どんな方法でおれを倒す？

クリストファーがそんなふうに考えたのは、初めてだった。今までとは明らかに異なる敵の技量を読み取ったクリストファーは、真剣に戦いかたを、生き延びる方法を考え始めた。

クリストファーが最大戦速で追尾してこないことを知った相手は、その場で減速し、クリストファーと同じ速度で飛び始めた。相変わらず機体の位置を微妙に動かし、パルスレーザーの射線上には入ってこない。

――くそ、減速しやがった。馬鹿にしやがって……いや、待てよ。減速している今なら、ブーストかけて急加速すれば、有効射程距離内まで近づけるんじゃないか？

クリストファーの思念を受けた戦術支援ＡＩが、素早く計算して、加速時間と相手との相対距離を投げ返してきた。

『出力百六十パーセント、〇・六秒間の加速で、撃墜可能な有効射程内に入ります』

――よし、いける！

クリストファーは、ブーストプログラムを起動し、推進機をコントロールするフットバーを蹴飛ばした。ドン！という衝撃とともに、弾丸のように機体が飛び出した。みるみるうちに相手との距離が詰まる。そして有効射程に入るその寸前に、相手がぴたりと空間上に停止し、クリストファーの機体はあっというまに敵機の上を通り過ぎた。射程内に入るのと同時にパルスレーザーの射撃は開始していたが、相手はまるで風に舞う木の葉のようにひらひらと動き、すべての射線から逃れて、クリストファーの後ろにぴったりとついた。

――くそ！こっちが加速すると読んでいたのか！

クリストファーは、背後についた相手を振り切ろうとして、機体を振りまわした。右、左、上、下、スパイラル、減速と加速、そしてその組み合わせ。ありとあらゆる機動で、機体を動かしたが、そのすべての挙動に、相手はぴったりとついたままだった。

――撃てよ！撃てばいいじゃないか！おまえにはおれを落とせるチャンスがいくら

でもあったはずだ！　なのに、なぜ撃たないんだ！　馬鹿にしやがって！

そのクリストファーの思念が伝わったのだろうか、相手がパルスレーザーを発射した。クリストファーの機体にダメージカウントが入る。だが、パルスレーザーの発射はわずか一連射であり、クリストファーの機体のダメージは、かすり傷程度しか受けていない。

——どういうことだ？

呆然としているクリストファーの前に、相手の機体がすっと入ってきたのはそのときだった。反射的にパルスレーザーを発射するが、相手はくるんと機体をまわし、発射されたパルスレーザーをすべて避けてしまった。

——なんだ？　今の回避は！　あんな回避の仕方があるのか？

驚くクリストファーの前で、相手は機体を左右にゆっくりと振った。それは明らかにクリストファーを誘っている動きだった。

——馬鹿にしやがって！

クリストファーは、いっきに加速して、敵の追尾に入った。

この二機の戦いは、規定時間いっぱいにわたって繰り広げられた。クリストファーの機体には、致命傷にはならない程度の損傷が五カ所……それはつまり、クリストファーは相手に五回撃破されたことを示すものだった。それに対して相手の損傷は皆無。クリストファーの射撃は、ただの一度もかすりもしなかったことを意味していた。

『戦闘を終了します。ウィナーはアンノウン。所要時間は二十分。機体損傷なし。勝利と判定します』

意識空間にトレーニング管理ＡＩのメッセージが流れ、クリストファーの意識の中に、雑談チャンネルの見物人の思念が入りこんできた。

『すげえ戦闘だったな……』

『あのクリストファーが、手も足も出ないんだぞ？』

『誰だよ、相手は。匿名というだけしかわかんないのか？』

『あの機体挙動、すごかったな。慣性吸収装置をあそこまで使いこなせるようになれるものかなあ？』

『あの相手って、すごいベテランパイロットみたいな印象を受けたわね。年季が違うって、ああいうことをいうのかな？』

興奮した思念が飛び交う中で、クリストファーは、自分が負けたという事実を受けとめていた。

――完敗だった。なんの言いわけもできないほどの負けかただった。機動戦闘艇をあんなふうに操れる人間がいるなんて思ってもいなかった……いや、いたんだ。おれは、なんども見てきたじゃないか。過去の戦闘記録のアーカイヴデータで……でも、おれはそれを見て鼻で笑っていた。あんなことは簡単だ。誰にでもできる……と。でもそれは違うんだ。

見ているだけなら簡単だ。言いがかりをつけるだけなら誰にでもできる、ということだったんだ。

クリストファーは、シミュレーションカプセルの中のモニターに映る対戦相手の〈UN〉という表示を見つめて思った。

——どうすれば、あんなふうに戦えるんだろう？ どうやればもっとうまく機動戦闘艇を操れるのだろう？ おれのダメなところを知りたい。おれの戦いかたを見てどう思ったかを知りたい。そして、できれば、アドバイスがほしい！

パーソナルメッセージを送ろうとしたクリストファーは、そのとき気がついた。

——もしかしたら、おれと対戦してきた連中も、今のおれと同じように感じていたんじゃないのか？ 自分のどこが悪かったのか、どうすればいいのか、それを知りたかったんじゃないのか？ でもおれは、それを負け犬の言いわけだと切り捨ててきた。今のおれに、パーソナルメッセージを送る資格なんかない！ おれは……最低だ。

そのとき、クリストファーのシミュレーションカプセルのモニターに通信アイコンが表示され、トレーニング管理AIの思念が飛びこんできた。

『先ほどの対戦相手アンノウンからパーソナルリンクの要請が来ております。リンクを繋ぎますか？』

クリストファーは反射的にうなずいた。

『アンノウンから、おれに？　頼む、リンクを繋いでくれ！』

『了解しました』

戦術支援AIの思念が答えるのと同時に、クリストファーはどこかの部屋の中で一人の男と向かい合っていた。

その男は……リー大佐だった。

驚くクリストファーを見て、リーは静かに微笑んだ。

『驚くのも無理はない。きみとシミュレーションマッチを戦ったのは、このわたしだ。きみの技量の高さはウィリアムから聞いていたが、なかなかのものだった』

『ど……どうして、あなたが……』

やっと声が出た。クリストファーから見れば、リーは雲の上のような存在だ。何かのイベントのときや公式行事に見ることはあっても、まさかこんなふうにプライベートで話すことがあるとは想像すらしたことはない。

リーはクリストファーを見つめて、ゆっくりとした口調で言った。

『きみの技量は、おそらく同期の練習生の中でトップクラスだろう。まわりの連中が馬鹿に見えても無理はない。きみは、ここでは特別の存在だからね。だがそのポジションは、この士官学校というかぎられた枠の中での話であって、士官学校の外に出れば、それは通用しない。しかし、それを経験したことのないきみにとって、そんなことを言われても、自分に対する攻撃としか捉えられないだろう。人間というのは、基本的に、経験しなければ学習できない生き物だからな。だから、わたしがきみに経験させた。きみは特別だが、それは不変のものでも確実なものでもない、ということをね……』

──たったそれだけのことのために、おれを人前で玩具《おもちゃ》にしていじり倒し、笑いものにしたのか！

クリストファーの心のなかに怒りが芽生えた。だがそれと同時に、心のどこかでリーの言葉を認めている自分もいた。

──リー大佐の言うとおりじゃないか……おれはたった今まで、負けた人間の気持ちすらわかっていなかったじゃないか……もしここで負けなかったら、おれはどんどん鼻持ちならないクズ野郎になっていったはずだ。おれは強い、おれは特別だ、とうぬぼれまくって、誰からも相手にされず、それでも虚勢を張りまくる、まわりから見れば本当に嫌なやつに……。

クリストファーの心が揺れているのを見て取ったのだろう、リーは口調を変えた。

『きみを見ていると、わたしは昔の自分を見ているような気分になる。わたしのほうはもっと悲惨だったがね……』

『どういうことですか？』

怪訝な顔になったクリストファーに、リーはひとつのデータを示した。

『わたしも、この特別士官学校に入学したとき、きみと同じように誰よりも強かった。特別士官学校に入る前は、連邦宇宙軍の機動戦闘艇パイロットだったから、経験も積んでいたしね。今、きみたちが挑戦している一対一のシミュレーションマッチでも、連戦連勝だった。まわりにいる連中が、馬鹿でのろまにしか見えなかった。わたしは全戦全勝で勝ち進み、最後に、同じく全戦全勝だった相手とぶつかった。相手は、連邦治安維持軍から来た、まったく機動戦闘艇の操縦センスのない男で、奇策や、ハッタリで勝ち進んできたやつだった。そんな卑怯な手で戦うやつに、わたしは負けるはずがない、と信じていた。そして、そいつと優勝を争った。楽勝で勝てると思っていたよ。技量なんて持っていないと思っていたからね。だが、わたしが間違っていた。そいつの戦いかたに翻弄された。そいつは勝とうとは思っていなかった。そいつは、戦いは負けなければいい、と考えるやつだったんだ。そして制限時間ギリギリまで持ちこまれ、引き分けになる寸前に、そいつのミスにつけこんで、わたしは勝った。やった！　と思った。おれはこの特別士官学校でトップになった。おれの天下だ！　とそのとき思った……今から思えば、そのとき負けていれば、わたしはもう少し早く自分自身の思い違いに気がついたかもしれない……そして、どうなったと思うかね？』

いきなり聞かれたクリストファーは、答えに迷った。

『どうなったんですか？』

リーは小さくため息をついた。

『わたしは特別士官学校から、もといた部隊に戻された。〝不適格〟と書かれた書類と共にね……わたしは特別士官学校を卒業できなかった。名実ともに落ちこぼれの称号をもらったんだよ……』

クリストファーは息を呑んだ。

『そんな！』

『今から考えれば、アロイスが〝不適格〟という判断を下した理由がよくわかる。わたしは個人戦闘の技量は高かった。自分で言うのもなんだが、今でも、機動戦闘艇の戦闘能力を比べれば、地球人として五本の指に入る自信はある。だが、それだけだった……特別士官学校は、戦士を育てる場所ではない。指揮官を育てる場所だったのだ。あとに続くきみたちのような地球人の戦士を育て、そして指揮する能力を持つことが求められていたのだ。指揮官の能力、それは部下を使う能力だ。個性も技能もバラバラな人間をまとめあげ、目標とやりかたを示し、時には率先して、時には後方から指示を出して目的を達成させる。その能力こそが求められていたのだ。自分の能力の高さを鼻にかけ、自分以外はみんな馬鹿で、のろまだ。そんなふうに考えている人間に、指揮官が務まると思うかね？　人はなぜ、指揮官の命令に従うのか。それは階級とか、役職とかそういうものに従っているわけではない。そこに信頼関係があるから従うのだ。この人の命令に従っていれば自分は大丈夫だ。そういう信頼感がなければ、人は動かない。動いたとしても、それはただ動いたというだけで、目的を達成するに足りる動きではない。当時のわたしは、そんなことを考えたこともなかった。馬鹿は馬鹿同士、勝手にやっていればいい。馬鹿な連中やのろまな連中に、なんでおれが合わせなくちゃならないんだ。そんなふうに考えていた……』

リーはそこで言葉を切ると、クリストファーの目を見つめてゆっくりと聞いた。

『きみも、そんなふうに考えていたのではないかね？　きみが考えていたのは自分のことだけだ。同じ教場の練習生のことを考えるとしても、それは、教場の練習生が失敗すると自分の評価が下がるからなんとかしようということだけで、ほかの練習生が失敗しないようにケアをするとか、アドバイスをするとか、考えたこともなかった……違うかね？』

クリストファーは自分の足が細かく震えていることに気がついていた。

『……はい、そうです……そんなふうに考えていました……わたしは……〝不適格〟です』

リーは首を振って微笑んだ。

『いや、まだそうと決まったわけではない。人間は学習する、学習できる、生き物だ。間違ったことに気がつけば、改めればいい。自分を書き替えればいい。そんなことはできない、一度ミスをすればすべてがおしまいだ。そんなことはない。その証拠が、このわたしだ。士官学校から戻されたとき、わたしは死のうとすら思った。もう、おれに未来はない、おれの人生は終わった、と本気で思った。だが、わたしは上司に……機動戦闘艇部隊のエーパイロットたちに救われた。自分よりもはるかにベテランで、はるかに腕のいい人たちが、わたしを認め、親身になってくれた。そしてわたしは自分自身の考えがどんなに子供じみていたか、愚かだったかを気づかされた。わたしは学習した。自分で自分を書き替えたのだ。そして、特別士官学校の連中が地球人の代表としてケイローンの〝魂の試練〟に向かうとき、アロイスに呼び出され、こう告げられたんだよ……あなたには、自分で自分を書き替える能力があります。その能力こそが、あなたが選抜された理由です。あなたはその能力を自力で証明してみせました。わたしたちといっしょに〝魂の試練〟を受けるのです……この言葉の意味がわかるかね？　きみにもあるのだよ、その能力が。だからこそきみは選抜され、ここにいるのだ。自分を書き替えるのは苦しい。自分の価値観を否定することは、自分自身を否定することだからだ。だが、それができて初めて人は自分を客観視できる。きみがここに来てまだ三カ月しか過ぎていない。きみがこれからどう変わるか、それは誰にもわからない。わたしはきみが変わることを信じている、きみはそれができる、ということもね……』

『……ありがとうございます……努力します』

クリストファーは小さな声でそう答えると、頭を下げた。

『わたしから言いたいことはそれだけだ……何か、聞きたいことはあるかね？』

『リー大佐は、〝機動戦闘艇の戦闘能力を比べれば、地球人として五本の指に入る〟とおっしゃいましたが……リー大佐よりも腕の立つかたがいるのですか？』

『ああ、いるよ。いまアリサカ少将と共に長距離偵察戦闘艦隊に出向している、エミリー中尉だ。彼女はわたしよりも上だ』

クリストファーの目が丸くなった。

『大佐よりも上ですか。想像もつきません！』

『近々地球に休暇で戻ってくるから、戻ってきたら、エキシビジョンで対戦してみるといい。わたしの言葉が嘘ではないことがわかるはずだ』

リーはそう答えて微笑んだ。

8　休　暇

衛星軌道上にある中継ステーションから見おろした地球は、ぶ厚い雲に覆われていた。粛清者《しゅくせいしゃ》の恒星反応弾によって引き起こされた太陽の表面爆発の熱は、地球の海を沸き立たせ、海面温度は、あれから一年以上が過ぎた今でも熱湯に近い。海から立ちのぼる水蒸気は上空で厚い雲を作り、空を蔽《おお》いつくし、宇宙に放射される熱の出口を塞いでいる。その雲をよく見ると、いくつもの渦が湧《わ》いているのがわかる。渦の中心には小さな黒い点のようなものがあり、さらに目を凝らすと、その黒い点は雲を突き破って宇宙空間に伸びている棒状の物の頂上だとわかる。

「あれが、ケイローンが持ちこんだテラフォーミング用の巨大ヒートパイプか……海水を汲み上げて、宇宙空間まで持っていってから二酸化炭素と熱を逃がし、地表に戻す……口で言えば簡単だが、とんでもない規模と技術だな」

中継ステーションの展望ロビーに立ってそうつぶやいた恵一に、バーツが答えた。

「温度差から生じる大気擾乱《じょうらん》がすごくて地表活動は大変らしいが、まず地球が抱えこんだ熱を捨てないとどうしようもないからな。上級種族が撃ちこんでくれた〝解熱剤《アンチパイティックス》〟がなかったら、地球は海が全部干上がって、金星みたいになっていたかもしれない。それを考えれば地下シェルターとはいえ、地球に人類が住めるのは幸運なんだろうな……ともあれ、地球への帰還、おめでとう」

そう言ってバーツが差し出した右手を握って、恵一が答えた。

「ありがとう。地球への帰還といっても三日間だけの休暇だけどな。作戦が終わったら、ゆっくりできるかもしれない」

「そのときは、〝地球への凱旋おめでとう〟と言わせてもらうとしよう。おまえはこの三日間どうするんだ？　地表に降りるのか？」

「ああ、おれの仕事は、さっきまで中継ステーションのメインホールでやっていた歓迎セレモニーで終わりじゃない。地球連邦政府の賓客としてＶＩＰ待遇さ。分刻みのスケジュールでね……」

恵一の言葉を聞いたバーツは、気の毒そうにつぶやいた。

「マスコミのお相手、ご苦労さまです」

恵一は肩をすくめたあとでバーツに聞き返した。

「そっちはどうだい？　地球軍独立艦隊総司令官、バーツラフ准将殿」

「おまえにそう言われると、からかわれているようにしか思えないが……まあ今のところ平和だよ。地球軍独立艦隊が粛清者の侵攻が終わったあとも太陽系の警備についているのは、粛清者の侵攻が継続する恐れがあるというのが理由だけど、本当の理由は、地球人の人心の安定のためだろうな。地球を守るために、いろんな星系の連中が助けに来てくれているけど、やはり地球を守るためには、地球人の艦隊がいてほしいと願っているんだと思う。番犬……というのは聞こえが悪いな、ガードマンってところかな」

「バーツの言うとおりだな、粛清者が太陽系侵攻をあきらめたという保証はどこにもない。太陽系侵攻では、事態を重く見た上級種族の介入で〝解熱剤〟が作られ、ギリギリまにあったわけだが、次は今の〝解熱剤〟が効かない恒星反応弾を撃ちこんでくる可能性がある。次の侵攻がどこになるのかわからない。この太陽系やシュリシュクのあるエリルセナント線じゃなくて、どこか別の進化渦状肢のラインかもしれないし、太陽系にリターンマッチをやりにくるかもしれない……」

「おい、脅かしっこなしだぜ」

真剣な表情になったバーツを見て、恵一は笑って頭を下げた。

「ごめん、脅かすつもりはなかった。粛清者はこの太陽系で、たったひとつの星系を攻略するのにあれだけの数の恒星反応弾を注ぎこむという戦術を取ったが、銀河文明評議会は、今回の太陽系侵攻をひとつのテストケースだと考えているそうだ」

「テストケース？　つまり太陽系侵攻は、粛清者の新しい戦術の実験場だったというわけか？」

「ああ、そうだ。広範囲に少数の恒星反応弾をばら撒くことで後方の中堅種族星系を混乱させ、増援を送れないようにしておいて、そのあいだに最前線の途上種族星系に物量を注ぎこんで徹底的にたたくという戦術は過去に例がない。〝もし粛清者が太陽系攻略に完全に成功していたら、間違いなくほかの星系侵攻のさいにも同じような戦術を使ってくるはずだった〟とケイローン軍の情報参謀から聞いた。〝曲がりなりにも粛清者の侵攻をくいとめたことで、粛清者の侵攻はしばらく小康状態になるのではないか〟とも言っていた。〝だからわれわれが、遠路はるばるアンドロメダ銀河まで出ていけるのだ〟とね……」

「そういえば、長距離偵察戦闘艦隊で思い出したけど、おまえが快速艇で帰ってくる直前に詳細な情報が公開されたんだが、粛清者の艦艇の残骸を偵察艦に被せて、残骸とか廃船のふりをして敵の支配星域に侵入する……とか、完全に特殊部隊のノリなんだな」

「ああ、粛清者の文化には段ボール箱がないからね、仕方ないんだ」

さらっと答えた恵一の言葉に、バーツは一瞬〈？〉という顔になったあとで、笑いながら突っこんだ。

「ゲームかよ！」

二人で笑いあっているところにライラがやってきて、あきれたように言った。

「少将と准将の会話とは思えないわね」

バーツはにやっと笑って答えた。

「三百六十五日、二十四時間、階級章つけた制服を着ているわけじゃなし。公式の場でなけりゃ、おれたちはただの悪ガキ仲間さ」

バーツの言葉を聞いたライラは首を振った。

「言葉に誤りがあるわ。〝おれたち〟じゃなくて、〝おれ〟。そして〝悪ガキ仲間〟じゃなくて、〝悪ガキ〟。複数形じゃないでしょ?」

バーツは苦笑いを浮かべた。

「わかったよ。恵一を巻きこむなって言いたいんだろう? 安心しろよ。おれは宇宙軍主催の歓迎セレモニーに出席しただけだ。このあとは教育コロニー・アルケミスに立ち寄って、リーと練習生の実務修習の打ち合わせをやってから、冥王星軌道上の艦隊に帰還する。恵一と一緒にいるのは、今だけだ」

「なんだ、そうだったんだ。ごめん。てっきりこのあとも恵一と一緒に行動するんだと、なんとなくあたしは思いこんでた。刷りこみって怖いわね」

「バーツとは特別士官学校のころからずっと一緒だったからな。ライラがそう思いこんでしまうのも無理はないさ。ところで、アルケミスに立ち寄るのなら、うちのエミリーを連れていってやってくれないか?」

恵一の言葉を聞いたバーツは怪訝な顔になった。

「艦隊の連絡艇の席は空《あ》いているし、おれは別に構わないが、エミリーはせっかく休暇で帰ってきたってのに、実家に帰らなくてもいいのか？　って、ああ、そうか！　アルケミスにはウィリアムがいるんだっけ。忘れてた」

「それもあるけど、あの子、実家って呼べるような家がないのよ、施設出身でね。だから士官学校にいたころ、休暇のときはあたしと一緒にあたしの実家に行ったり、地球軍独立艦隊に配属になってからは、北アメリカにあるウィリアムの実家に押しかけたりしてたわ」

「アルケミスではちょうど練習生の機動戦闘艇の対戦トーナメントが始まっていて、それの模範戦闘をエミリーにやらせるという目的もある。地球に戻る前に、リリーから要請があったんだ」

「そうか。そういうことなら、了解した」

　バーツがそう答えてうなずいたとき、地表に降りる軌道エレベーターの搭乗手続きが始まったことを告げるインフォメーションがロビーに流れた。

「ああ、そろそろ行かなくちゃ」

「今度会うときは、凱旋セレモニーだな」

「そうあってほしいよ」

「おまえならできる。お世辞でもなんでもない。おれは心の底からそう思う」

「ありがとう。じゃあな、また会おう」

恵一はそう言うと、バーツと握手して、軌道エレベーター乗降場に向かう通路を歩き始めた。恵一の横に並んだライラは、ちらりと後ろを振り返ってから、小声でつぶやいた。

「バーツがずっと見てるわよ……あなたたちって、本当に何もないの？」

「やめてくれよ。おれとバーツのあいだにあるのは男の友情だ。きみも知ってるとおり、バーツってのは、みんなで集まってワイワイ騒ぐのが大好きなヤツだ。でも昔の仲間がみんな、それなりの役職についてバラバラになってしまって、もう昔みたいに集まって騒ぐってことができなくなってしまった。あいつには、それが悲しいんだよ」

「そうか……そうかもしれないね。あたしたちは長距離偵察戦闘艦隊、バーツは地球軍独立艦隊、そしてリーは士官学校……みんなそれぞれの場所でそれぞれの仕事についている……もう、昔みたいにみんなが集まれるときって来ないのかもしれないんだね」

しみじみとつぶやいたライラに、恵一は言った。

「あと四十年くらい過ぎて、全員が退役したら集まれるかもしれないけど、これからおれたちは一番働かなくちゃならない時期に入る。それぞれみんなが新しい場所で、新しい戦いを始める時期にね」

中継ステーションから地球の地表に向かって延びる軌道エレベーターは、フローターコイルを使った斜めに降りていく巨大なゴンドラ型のものではなく、薄紫色の半透明な中立フィールドで覆われ、地表から衛星軌道の高さまで垂直に立ち上がった、巨大な筒状の建造物だった。以前のタイプは地表の大規模な大気擾乱の影響を受けやすく危険であることから、吹きつける暴風のエネルギーを中立フィールドで無力化し、中のエレベーターシャフトを守るという構造になっている。中立フィールドを維持し続けるためには膨大なエネルギーを要するため、いま現在、地球にはこのタイプの軌道エレベーターは三基しか存在していない。そのうちの二基は、地球人の生活必需品などの支援物資輸送専用になっているため、人員輸送が可能なエレベーターは、中米のエクアドルに設けられた一基だけである。

エレベーター搭乗フロアにある待合室で、恵一は地表に降りる十八人の顔を見まわした。

「諸君らも知ってのとおり、いま現在、地球の地表で使うことのできる交通機関は、大深度地下を走るリニア鉄道だけだ。諸君らは中米で降りたあと、エレベーターステーションの地下にあるリニア鉄道で、それぞれの目的地に向かうことになる。乗り継ぎや列車ダイヤの関係上、中には目的地まで十時間以上要する者もいるだろう。何百光年と離れたシュリシュクまで六時間しかかからないのに、同じ惑星の上で移動するだけでこんなに時間がかかるのは笑うしかないが、とにかく三日後のシュリシュク行きの快速連絡艇に遅れないように気をつけてほしい。わたしからは以上だ」

恵一がそう言い終えたとき、待合室の搭乗口のドアが開き、搭乗を促すインフォメーションが流れた。

ドアを出た恵一たちの前に、円筒形のエレベーターシャフトの中を動く巨大な円筒形のシャトルがあった。直径二十一メートル、長さ七十五メートルほどもあるそのシャトルの最上部に座席とトイレ、パーソナルモニターを備えたリビングルームなどがある居住区があり、その下に物資を収納したコンテナを収めるカーゴルームがある。

シャトルの居住区内の客室に乗りこんだ人間は、恵一たち十九人と、中継ステーションの交代要員らしい地球人七人とアロイスが二人の計二十八人。そしてロボを始めとするドローンが十体だった。全員が乗りこみ座席に着くのと同時に、エアロックのドアが閉まり、リニア推進のシャトルが地表に向かって動き始めた。グラビトンコイルと慣性吸収装置を備えたシャトルは、高層ビルのエレベーターが加速するときのような、身体が浮き上がる感覚や、身体が重くなるような感覚をいっさい残さずに、地表に向かっていっきに降下し始めた。

着席サインが消え、乗客のあいだにほっとした空気が漂い始めたとき、恵一の隣りにすわっているロボを見て、ライラがつぶやいた。

「ケイローンの慣習だと、少将以上の将官は、プライベートカンパニーと呼ばれる従兵を連れて行動することになっているわよね。ケイローンは事実婚だから異性のプライベートな相手を従兵にして一緒に生活している将官もたくさんいるけど、恵一はそれをやらないの？」

「まあね。ロボがいるし、それになにより、ケイローンでは従兵ってのは軍曹以上の下士官がやることになっているんだ。知ってのとおり、地球軍独立艦隊は全員少尉以上で下士官がいない。下士官と兵の役目はドローンがやっている。だからロボが従兵の代わりをしていても問題はないと思ってる」

「ああ、そうか。ケイローンは軍事国家で国民皆兵だから、兵士や下士官がゴロゴロいるものね。確か十五歳で二等兵、十八歳で一等兵の称号を与えられて、そのあとは仕事と職務内容に応じて階級が決まっていくんだっけ？」

「そうだよ。シュリシュクで町に買い物に行って、ファーストフードに入ったら、高校生くらいのバイトの店員が一等兵で、学生みたいなフロアマネージャーが少尉の階級章つけてて、びっくりしたことがある」

「フライドチキンの店だったら、店長の階級はきっと〝大佐《カーネル》〟ね。名前はサンダース」

「それは店長じゃなくて社長だろう」

　恵一はそう答えて笑ったあとで、少し真面目な顔になって言葉を続けた。

「今の地球軍独立艦隊を構成している士官が、教育コロニー・アルケミスで受けた教育は、すべて実戦部隊としての戦闘訓練だ。だが軍隊というのは最前線で戦うだけの組織じゃない。補給や兵站《へいたん》といういわゆる事務かたの仕事も山のようにある。今の地球軍独立艦隊は、そういう部分をアロイスとケイローンに完全に依存している。これは過渡的なもので、将来的にはそういった部分も地球人が行なうようになっていくと思うんだ。そう考えると、今の士官学校への選抜も、もっと間口を広げて、実戦戦闘だけに特化した人材だけを選抜するんじゃなくて、いろいろな才能を見つけ出して育てるべきじゃないかと思っている。今の地球軍独立艦隊には人がたりない。もっともっと多くの人材を集めるべきだ。そうは思わないか？」

ライラはうなずいた。

「確かに言われてみればそうね。士官学校への選抜入学者が年間八百人というのは、多いようで少ないかもしれない。でも、兵站業務も地球人が担当するとなると、相手にするのは地球人以外のケイローンとかアロイスとか、もっと上級の種族とかになるわけで、異星人との意思の疎通、文化とか流通とか、そういうことにも精通しなくちゃならないし、それってすごい情報量になるし、本当に馬鹿じゃ務まらない仕事になると思うのよ。今の地球人……わたしたちがこれから降りていく地表に住んでいる地球人の中から、そういう視野を持った人材を探し出すのは難しいわ。だから若い子を集めて教育するか、もしくは地球軍独立艦隊の一員として実際にほかの星系の人間と交流し異星で暮らした経験のある人間から選抜して専門教育を受けさせて、人材として育てていくしかないと思うのよ」

ライラの言葉を聞いた恵一は、考えこむように顎の下で握りこぶしを組んだ。

「地球軍独立艦隊を人材のプールとして考えるということか……確かに、専門教育を受けた人材を創り出すには、それが一番早いだろうな。そういう人間もいるし……」

「誰のこと？」

「ウィリアムさ。あいつは、間違いなくそういう業務に向いている。アロイスが士官学校の教官に抜擢《ばってき》して、教務主任なんて肩書きをつけたとき、驚くよりも納得してしまった。適材適所だな……とね」

　ライラは考えこむように答えた。

「もしかしたら、アロイスが十四歳の地球人の男の子や女の子にやっている適性検査って、士官学校に入学して戦う素質を持った子供を選ぶためだけじゃなくて、そういう素質を持った子供も選び出しているのかもしれないわね……ウィリアムみたいな子を、戦闘能力を理由にして選んだとはどうしても思えないのよ」

　その言葉を聞いて、恵一は思った。

　——将来にわたる人間の可能性を、十四歳の段階で選別する技術というのはどんなものなのだろう？　この技術による選別は、完全な適材適所を成立させ、世の中を効率的に動かしていくだろう。そこにはいっさいの無駄がない。だがそこに、夢や憧れというものが入りこむ隙間はない。優れたシステムと技術によって効率よく動かされる社会とは、時として残酷なものだ。これからの世の中は、選ばれなかったより多くの人々を、どのように幸せに導き、どうやって社会の中に組みこんでいくか、それが主たる目的になっていくのかもしれない。いま地球の地下シェルターで行なわれている、人々に仕事を与える労働チケット制や、シェルター内の使われていないスペースを使った農業を認める小規模自主農地管理制度は、そういう目的で作られたものだ。地下シェルターの生活は、すべてが管理されている。この経験は、否応なしに地球人の意識を早いサイクルで変えていくだろう……。

恵一がそこまで考えたとき、客室内にインフォメーションが流れた。

『シャトルは上層雲を抜け、密雲帯に入りました。赤道直下の太平洋はテラフォーミング技術による海水冷却が行なわれ、猛烈な暴風が吹き荒れており、厚い密雲が渦を巻いて動いております。そのため、雲塊に隙間が生じ、地表が見える場合がございます、外部光学センサーの画像を中央のモニターに映しますので、ご覧になってください』

そのインフォメーションメッセージが流れるのと同時に、客室のモニターに外のようすが映し出された、塩色と灰色の雲がすばらしい勢いで流れていく中で、眼下に広大な赤茶けた大地が見えた。それは南米最大のアマゾン川流域の無残な姿だった。

──あの広大な緑がすべて死に絶えたこの光景は、この世の終わりのように見える。太陽の表面爆発で、何もなくなった地球を見た一人のケイローン人が、〝これで地位や資産や権威といった、旧世界のシガラミがすべてリセットされました。これを不幸中の幸いとして考えるべきです〟と言ったとか言わないとかで炎上した事件があったけど、その言葉はある意味で正しかったのだろう。泥で埋めつくされ消滅した旧世界の上に、人類はどんな新世界を創り上げていくのだろう……。

恵一はそんなことを考えながらモニターの脇に表示されている〈地表まであと十三分〉という表示を見つめていた。


恵一を乗せた軌道エレベーターのシャトルが、地球の地表をめざして降下を続けていたそのころ——。

木星軌道上にある教育コロニー・アルケミスに向かって、地球軍独立艦隊総司令官専用の連絡艇が飛んでいた。

「せっかくの休暇だというのに、ウィリアムが休みじゃないというのは残念だったな」

バーツの言葉に、エミリーは首を振って見せた。

「いえ、練習生を育てるというウィルの仕事のほうが、わたしの休暇よりも大事です。それにリー大佐の話ですと、アルケミスでは現在、練習生の機動戦闘艇による戦闘トーナメントが行なわれているそうですから、模範戦闘を見せるとか、トレーニングに飛び入り参加するとか、結構やることがあるみたいです。こういう休暇も気分転換になって楽しいかもしれません」

バーツは、にやっと笑った。

「まあな。エミリーにしてみれば、ウィリアムがそばにいれば、それだけで最高の休暇だろう？　遠距離恋愛でなかなか会えないわけだし……というか、おまえさんが長距離偵察戦闘艦隊員としてアンドロメダ銀河まで行くとなると、その距離は二百五十万光年……究極の長距離恋愛カップルとしてギネスに申請すれば、間違いなく承認されるな。申請してみるか？」

「嫌ですよ、そんなので名前残したくありません！」

エミリーの返事を聞いたバーツは、笑ってうなずいた。

「ははは。うん、まあ、それもそうだ」

そのバーツの気さくなようすに、エミリーはほっとしたようにつぶやいた。

「バーツラフ准将は、昔の……士官学校の教官だったころと変わっていませんね。少しほっとしました」

「人間なんて、そんなに簡単に変われるものじゃないよ。というか、人間の中には変えられる部分と変えられない部分がある、というだけのことだと思うな。おれの中にある、誰とでも打ち解ける、積極的に人と関わっていこうとする、という部分は変えられないし、変えるつもりもない。なぜならおれは、おれの中にあるこの部分が大好きだ。おれの人生の楽しみは、この変えられない部分が持ってきてくれている。そう考えれば変える気にならないのも当然さ」

バーツの言葉を聞いていたエミリーはしばらく無言で考えこんでいたが、やがて顔を上げて、つぶやくように言った

「自分の中に好きになれる部分があるって、いいことですよね」

「ああ、自分を肯定できないと、自分が拠って立つ場所がなくなる。どこにも足を踏み出せなくなるし、そうやって否定された自我は、他人を攻撃することで自分の居場所を作ろうとする。当然まわりは敵ばかりになる。味方なんかいらない、おれは天下無敵なんだ！　と自分に言い聞かせても、自分が肯定できない人間に自分を騙せるわけがない。自己嫌悪の毒は静かに自分の中に澱《おり》のように積もっていって、自分を壊し始めるんだ」

「自己嫌悪の毒……って言葉、わかるような気がします。わたし、ずっと自分の境遇を使って、自分よりいい境遇にいる人間に復讐していたことがあるんです。〝大変だね〟とか、〝何か助けてあげられることはある？〟とか、優しい言葉をかけてくる連中を、全部偽善者と決めつけて、そういう人たちが嫌な顔するのを見て、心の中で快哉を叫んでいたんです。そのあとで自分も嫌な気分になるんだけど、そのときは気分がすっとするから……でも、それと同じ論法をウィルに使ったら、真正面から言われたんです。〝雨の中で濡れて泣いている子犬を見たら、何かしてあげたいと手を伸ばすのは人間の自然の感情だ。その手に敵意を見るか善意を見るかは子犬の問題であって、手を伸ばした人間の問題じゃない。

吠えるのも嚙みつくのも好きにすればいい。でもずっと自分を被害者に置き続けるのは、ずっと惨めな場所に居続けるってことだ……〟って」

バーツは小さく目を見開いた。

「それをウィリアムが言ったのか？」

「はい。その言葉はしっかり覚えています。忘れるわけがありません。自分がずっと閉じこもっていたひねくれ者の殻が、どんなに馬鹿馬鹿しいものなのか、それで気がついたんです……あのときから、わたしは自分の中に、好きになれる自分を見つけ始めたのかもしれません……」

「ウィリアムか……あいつはケイイチと似た部分がある。頭がまわるとか知恵があるとかそういう部分もそうだけど、なんというか、人間というものを信じている……善人とか悪人とかそういう枠で分けるんじゃなくて、人間そのものの存在を肯定している部分が似ているんだろうな。頭のいいヤツってのは、基本的にうまく立ちまわろうとする。損をするようなことはぜったい言わないし、利益になりそうなことには積極的に関わろうとする半面、損になることには及び腰だ。頭のよさを、まず自分の利益のために使う。おれはエリートというのはそういう人間だと思ってきた。でも、ケイイチはそうじゃない。自分の利益と全体の利益を同じように考えている。おれは昔、ケイイチに聞いたことがあるんだ。〝そんなことをしたらおまえの損じゃないか〟とね。そうしたらケイイチはさらっとこう答えやがった。〝全体の利益になるなら、その中に自分も含まれているのだから損じゃない〟とね。おれは、こいつはどこの働きアリだ？　と思ったね。でも、それと同時に舌を巻いた。こいつはおれたちみたいに目先の損得を考えていないんだなって。全体の利益はすぐに目に見えるものじゃない。でも、それが積み重なっていけば、社会に余裕を与え、安全と安定をもたらす。そしてその恩恵を自分も受けることができる。そういうことを考えることができるから、アロイスはケイイチとかウィリアムを選抜したんだと思うんだよ」

エミリーはうなずいた。

「ええ、もし戦闘能力とか、反射神経とかで選抜されたら、ウィルは絶対に選ばれていません。知ってます？　ウィルのバカ、機動戦闘艇のシミュレーション戦闘で、練習生より得点が低かっただけじゃなくて、対戦で負けたそうですよ？　練習生にバカにされているみたいだって愚痴こぼしてましたけど、教官としての威厳皆無ですね、あいつ」

その言葉を聞いたバーツは、苦笑いを浮かべて答えた。

「まあ、ウィリアムの本領発揮は、部隊戦闘になってからだな。あいつの状況判断と指揮能力はピカイチだ。個人戦闘でウィリアムを下に見てバカにしている練習生は、このあと痛い目にあいそうだ」

「わたしとしては、ウィルをバカにしている練習生がどの程度の腕なのか楽しみで仕方ありません。ウィルをバカにしたツケは、わたしが払わせてやります」

「まあ、お手柔らかに頼む。練習生は、これから先の地球軍独立艦隊を背負ってくれる人材だからな」

意気ごむエミリーに、バーツはやれやれという顔で答えた。

地球軍独立艦隊所属の総司令官専用連絡艇が、木星軌道上にあるアルケミスに到着したのは、地球標準時午後五時三十分だった。アルケミスの最上部にある宇宙港エリアに接舷した連絡艇のエアロックに、壁面から伸びるアーム状の連絡通路が押しつけられ、接合面から染み出したジェルパッキングによって通路は完全な気密状態になった。連絡艇の表面に取りついたクモのような形の作業ドローンの頭部にあるセンサーがチカチカと瞬いたあと、連絡艇の中にインフォメーションが流れた。

『接舷作業終了です。連絡通路にどうぞ』

連絡艇から降りたバーツとエミリーを、リーとウィリアムが出迎えた。

「久しぶりだな、リー」

「ああ、おまえもな、バーツ」

そう言ってバーツと握手したリーは、ウィリアムとエミリーに告げた。

「訪問客用の宿舎にエミリーの部屋を用意してあるが……どうする?」

「わたし、ウィリアムの宿舎に泊まりますから、お部屋は結構です！」

「おい！」

驚くウィリアムに、エミリーは当然、という顔で答えた。

「ウィルの宿舎はリビングダイニングのほかに三部屋あるって言っていたじゃん」

「そりゃそうだけど……」

「そうなら、それでよし。文句ある？」

ウィリアムは何も言わずに、降参したように胸の前で小さく両手をあげた。

リリーは苦笑いを浮かべて言った。

「まあ、おまえらがそれでいいというのなら干渉はしないが、ここはいちおう教育機関だからな。練習生の前であまりいちゃつくなよ」

「あ、はい。それはわかってます」

「家の外では、節度を守って行動しますので、ご安心を」

「それと、エミリーは着いて早々で悪いが、このアルケミスでは三日前から、練習生の機動戦闘艇シミュレーション戦闘トーナメントの練習が始まっている。エキシビションマッチとして練習生の相手をしてやってくれないか？」

「はい。その件は了解しています」

リリーの言葉を聞いたエミリーは、嬉しそうな表情でそう答えたあとで、少しいたずらっぽい表情を浮かべて言葉を継いだ。

「あの……そのエキシビションマッチ、ウィリアムと二人でAIと戦うという話でしたが、AIではなく、ウィリアムが担任している教場生徒全員と戦ってみたいのですが、ダメでしょうか？」

「四十対二か……」

リーは、少し考えたあとでうなずいた。

「よし、いいだろう。教育カリキュラムは、部隊戦闘に移ったところだ。指揮官の仕事とはどんなものか、ウィリアムの戦いかたを見せて具体的に教えるいい機会かもしれない」

そのとき、それまで黙ってやり取りを聞いていたバーツが口を挟んだ。

「そのエキシビションマッチ、おれも見学させてくれないか？」

「おまえは地球軍独立艦隊総司令官という仕事があるだろう？　自分の艦隊すっぽかして、こんなところで道草くってる暇なんかないんじゃないのか？」

「指揮官が不在でも機能する組織こそが健全な組織なんだぞ。だから大丈夫さ。特に重要な案件もないし。来月行なわれる練習生の実務修習の打ち合わせのほうが、重要度が高い」

すました顔で答えたバーツを見て、リーは笑ってうなずいた。

「相変わらずだな。艦隊のほうで問題がないのなら、おれは歓迎する。練習生たちの戦いぶりを見ていってくれ」

「ああ、練習生たちは、来年にはうちの艦隊の戦力になるわけだからな。じっくり見させてもらうよ」

リーは、ウィリアムとエミリーに向きなおって言った。

「エキシビションマッチは午後七時三十分から始めよう。とりあえずエミリーの荷物を宿舎に置いてこい」

「了解しました！」「了解です！」

ウィリアムとエミリーはそれぞれに敬礼した。

ウィリアムの暮らしている教官用の居住区は、練習生たちが暮らす学生居住区とは、食堂や訓練棟などがある教場区域を挟んだ反対側にある。機動戦闘艇パイロット用の四人分の個室をひとつにまとめて共有スペースを設けた集合住宅風の造りの練習生宿舎と違って、教官用の居住区には、家族単位での居住を考えたリビングダイニング以外に三部屋を持つ居住スペースが並んでいる。

「へえ、一人暮らしって聞いたから、とっ散らかっているかと思ったら、けっこう小奇麗にしてるんだね」

ウィリアムの宿舎に足を踏み入れたエミリーは、リビングルームの中を見まわしながら興味深そうに言った。

「まあね。朝昼晩の三食は食堂で食べるから自炊なんかほとんどしないし、店とかもないから買い物もしないので荷物も増えないし、一人暮らしなんて、こんなものだよ」

ウィリアムはそう言うと、リビングの右手にある部屋を指さした。

「そこの部屋を使ってくれ。部屋の壁面にあるパネルで管理AIを呼び出せば、収納してあるベッドとか、サイドテーブルとかを使えるようにしてくれるから」

「わかったわ。じゃあ荷物はこの部屋に置くけど、ウィルはどこで寝てるの？」

「ぼくは奥の部屋。大きなモニターを置いてあるオタク部屋だよ」

「カンザスの家のウィルの部屋もすごかったもんね」

エミリーはそう答えると、ウィリアムの前に進み出て、くるりとまわって真正面に立つと、ウィリアムの顔を見つめた。

「知ってる？　今のあたしって、オリジナルなんだよ？　アバターじゃないんだ」

「ああ、長距離偵察戦闘艦隊の将兵はオリジナルの身体でなければ戦えない、というのはレポートで読んだ」

「そうよ。この休暇が終わったら、このオリジナルの身体で出撃するわ。任務に失敗したら、あたしのオリジナルは消えちゃう。あとに残ってるのはアバターだけ。アバターは、あたしのクローンだけど、本当のあたしじゃない……だから、オリジナルで、オリジナルの身体でウィルに会いに来たんだよ！　ウィルがどんなに鈍くても、あたしの言っている意味わかるよね?」

ウィリアムは言葉に詰まった。

——言っている意味はわかるけど……こういうとき、なんと答えればいいんだろう? こんなシチュエーションが自分の人生に来るなんて考えたこともなかったから、脳内シミュレーションができていない。アレクとか、ユージンなら、女の子といつも話しているから、女の子が喜びそうな言葉が言えるんだろうけど、ぼくには無理だ……ああ、くそ、なんと答えよう!

そして、ウィリアムの口から出た言葉は……。

「善処します……」

エミリーは、びっくりしたようにウィリアムの顔を見つめていたが、やがて堪えられなくなって笑いだした。

「ははははは。何よ、それ! 〝善処します〟って、そんな返事あり? そりゃあ甘い言葉とか愛のささやきとかは期待してなかったけど、よりによって、〝善処します〟ってのはないでしょ!」

「ごめん……」

頭を下げるウィリアムを見て、エミリーは笑いながら言った。

「ははは。でも、ウィルらしいよね。確実なことなんか言えないもの。それって無責任だ

ものね。だとしたら、そのときの精一杯の優しさとか思いやりで対応するしかないもんね
……うん、いいよ、〝善処〟して。あたしそれだけで幸せだから！」
そしてエミリーはウィリアムに抱きついた。

教場練習生四十名と、ウィリアムとエミリー二人が戦うエキシビションが行なわれるという知らせは、あっというまに練習生と教官たちに広まった。シミュレーション戦闘はどの感応端末からも見ることができるが、訓練棟にあるシミュレーション端末を使うと、戦闘を行なっているプレイヤーの視点から見ることができるため、午後七時を過ぎたころから訓練棟に練習生たちが詰めかけていた。

ウィリアム教場の練習生たちは、自分たちが乗りこむシミュレーションカプセルのまわりに集まって、これから始まるエキシビションマッチについて盛り上がっていた。

「ウィリアムのやつ、自棄《やけ》になったんじゃねえのか？　たった二人でおれたち四十人と、どうやって戦うつもりだよ？　まあ、五分だな、五分もてばいいほうだ」

「五分ももたねえよ、おれが三分で撃墜してやる。きっと時間があまって仕方ねえぞ」

威勢のいいことを言って盛り上がっているのは、ウィリアム教場の練習生であるウィグスとヴィンチャイの二人だ。この二人は、シミュレーション戦闘でウィリアムよりも点数が高かったことから、一対一の個人戦闘でウィリアムに勝ったクリストファーの腰巾着《こしぎんちゃく》と

なって、ウィリアムをバカにしていた。

「なあ、クリストファー、おまえもそう思うだろう？」

話を振られたクリストファーは、考えこむような表情をするだけで、無言だった。

「なんだよ、匿名のヤツにちょっと負けたぐらいで拗《す》ねるんじゃねえよ。あんなのは運だよ、運！」

ウィグスの言葉を聞いたクリストファーは顔を上げた。

「運……だと？　何度も何度も撃墜確実の状況に追いこまれて、機体に穴を開けられて、こっちは向こうにかすり傷ひとつ負わせられなかった……あれだけの技量の差を、おまえは運が悪かっただけだと、本気で思っているのか？」

クリストファーの口調から本気だと気づいたウィグスは、慌てて首を振った。

「あ、いや、そりゃあ相手はすごかったけどよ。今日の相手は、あいつじゃない。ウィリアムとその部下……聞いた話だと彼女だとか……そんな連中に負けるわけがないじゃないか！」

横に立って、二人のやり取りを聞いていたヴィンチャイが話に加わった。

「ウィグスの言うとおりだ。ウィリアムと組んでるのは、エリートパイロットだって話だけど、あのウィリアムと付き合っているような女だぜ？　心配することはないさ」

クリストファーは、ヴィンチャイをちらっと見て言った。

「ヴィンチャイ、おまえ、おれが匿名パイロットに手も足も出なかったシミュレーション戦闘、見ていたか？」

「ああ、見ていた。それがどうかしたか？」

「あの一戦が終わったあと、あの匿名パイロットはこう言った。〝最前線で戦っているパイロットの中には、おれよりも強いパイロットがいる。そのパイロットの名前はエミリー中尉だ〟とな……」

クリストファーの言葉を聞いたウィグスとヴィンチャイは、ぽかんと口を開けた。

「嘘だろ？……おい、本当かよ！」

「ジョークだよな？　おれたちをビビらせるために作ったジョークなんだろう？」

クリストファーは立ち上がると、タイムカウンターを見上げてゆっくりと言った。

「競技開始だ……ジョークかそうでないかは、自分の目で確かめろ……」

シミュレーション戦闘用の空間は、一対一のマッチのエリアの四倍の広さがあった。四十機以上の機動戦闘艇が縦横無尽に飛び交うには、今までの設定のエリアでは狭すぎるのだろう。

クリストファーは、感応端末を使って意識空間の教場練習生たちのリンクに接続すると、思念を飛ばした。

『総代のクリストファーだ。今までやりたい放題のことをやっていたおれの言葉をすなおに聞くつもりがないのはわかっている。それでもいいから聞いてくれ。おれたちの相手のエミリー中尉というパイロットは、地球軍独立艦隊で機動戦闘艇部隊の指揮官として部下をひきいて粛清者と戦ったリー大佐に言わせると、本物の天才らしい。戦闘の前にこんな話をして仲間を萎縮させるな、と怒っているやつもいるだろう。だが、情報は正しく伝えなくてはならないと思う。おれは今まで、ウィリアム教官をバカにしてきた。でもそれは、とんでもない間違いだと気がついた。機動戦闘艇の操縦がへたなウィリアム教官が、なぜ第一線の機動戦闘艇部隊で戦い、そして小隊指揮官をやっていたのか、その理由は簡単だ。ウィリアム教官の仕事は、敵機と格闘戦《ドッグファイト》を行なって敵を落とすことではないからだ。ウィリアム教官は索敵と敵の動きを読み、そしてエミリー中尉がその敵を落とす……索敵と分析、そして戦闘。この二つを分けて、完全な分業をやっていたんだ。おそらく、この戦いは戦闘開始直後の数秒間で決まる。動け！　諸君！　直線運動はするな。一秒以上の直進は、自殺行為だと考えろ！　仲間の数は多い、しかしその数を頼るな！　勝つことではなく、負けないことを考えろ。おれの言葉を、〝ふざけんな〟とか、〝誰がおまえの言うことなんか聞くものか〟と思っているやつもいるだろう。でも、おれは間違っちゃいない。今、このときだけでいい。おれの言葉を信じてくれ。おれからは以上だ！』

意識空間は無言だった。誰もクリストファーの思念に応答するものはいなかった。だがしばらくして、一人の女性練習生の思念が答えた。それは、クリストファーと同じ分隊だったシュガーベルの思念だった。

『ふーん。クリストファーにしてはずいぶん目線が低いわね。何か変なモノでも食べたのかしら……なんか気持ち悪いけど、言ってることはまともだと思うから、あんたの言うとおりにするわ。曲がりなりにも教場総代だものね』

『……ありがとう』

クリストファーの返事を聞いて、シュガーベルは笑った。

『ははは。なによ、本気《マジ》なの？　まさかあんたから、感謝の言葉を聞けるとは思わなかった！　何か心境の変化でもあったみたいね。まあいいわ。そういう態度でいてくれるなら、わたしから敵意を向けるつもりはないから、安心して』

シュガーベルの思念は、クリストファーの記憶の中にあるひとつの言葉を思い出させた。

――パンにはパンを、血には血を。

それは、ロシアから中央アジアあたりの民族に伝わる言葉で、〝パンを施してくれる相手にはパンを持って歓待せよ。暴力に訴え血を求める相手には、血を流させて報復せよ〟という意味の言葉だった。

――まわりの人間を馬鹿ばかりと見下しておきながら、自分がまわりから敬意をもって扱われるはずだなんて、どうしておれは思っていたのだろう？

そこまで考えたとき、クリストファーの意識の中に、トレーニング管理AIのメッセージが流れた。

『まもなくマッチを開始します。戦闘エリアは編隊戦闘用共通設定03。戦闘時間は体感時間二十分、実勢時間十分。思考ブーストは二倍で行ないます。戦闘開始まであと十五秒です』

そして、マッチが始まった。

シミュレーション空間を認識するのと同時に、クリストファーはコントロールスティックを倒して最大戦速に加速した。推進機が唸りを上げ、慣性吸収装置が加速時の慣性を吸収していく表示を見ながら、もう一度コントロールスティックを反対側に倒し、機体を錐もみ状態に持ちこむ。意識空間に浮かぶ仲間の機体の半数は、クリストファーと同じように回避機動に入ったが、残りの半数は、迎撃するつもりだったのだろう、まっすぐ敵の座標に向けて加速した。次の瞬間、その直進した練習生たちの機体が、爆散した。

『敵の渡洋距離射撃の直撃を受け、四機を喪失しました』

戦術支援AIの報告を聞いて、クリストファーは舌を巻いた。

直進してくる目標は、正面から見ればとまっているのと同じだ。とはいえ、戦闘開始二秒で四機撃墜だと？　とんでもない腕前だな……。

意識空間に浮かぶ立体モニターの中に映し出されたウィリアムの機体の位置を示す赤い

光点は、決して格闘戦を演じているエミリーに近づくことなく、その外周を小刻みに針路を変えて飛び続けている。ウィリアムが敵の位置を教えているのだろう、エミリーは連続して練習生を撃破していく。一機落としたあと、索敵をする必要がないのだ。そして、十五機ほど撃破したとき、深追いをしたエミリーが練習生の機動戦闘艇に包囲される形になってしまった。クリストファーは思わず叫んだ。

『敵は逃げるはずだ！　退路を断て！　動ける人間はウィリアム教官を狙え！　今ならエミリー中尉も助けにいけない！』

――逃げる敵なら後方から撃てる。落とせはしないかもしれないが、一矢報いることぐらいはできるはずだ！

だが、クリストファーの読みははずれた。エミリーは退避することを見越して集まってきた練習生に格闘戦を挑み、またたくまに二機を撃破して、危機を脱した。一方ウィリアムは、攻撃してきた練習生の射線を巧みに避け続けている。機体の方向を変えるだけでなく、加減速も取り混ぜて小刻みに機体を動かし、一瞬として同じ位置を占めない。そこに包囲を突破してきたエミリーが戻ってきて、ウィリアムを狙っていた練習生の機体をあっというまに撃破した。そして次の瞬間。エミリーの機体の後ろにウィリアムの機体がぴったりくっついて飛び始めた。それはまるで、連結棒で物理的に繋がっているかのような飛びかただった。

その二機が連携した状態で、エミリーは練習生の機体を次々に撃破していった。時には格闘戦を演じ、時には一撃離脱を、そしてある時は遠距離精密射撃を……練習生たちは、その豊富なテクニックと、ウィリアムの的確な指示の前に手も足も出なかった。

練習生側四十機の最後の一機、クリストファーが乗る機体が撃破されたのは、訓練開始から十一分二十秒後のことだった。

『練習生部隊、全滅しました。これにて戦闘を終了します。完全勝利です』ウィナーはウィリアム・エミリー組。所要時間は十一分二十秒。機体損傷なし。

トレーニング管理AIのメッセージが流れると、意識空間の雑談チャンネルは大騒ぎになった。

『なんだよ、あれ。あんな戦いかたがあるのかよ！』

『エミリー中尉もすごかったけど、ウィリアム教官の指示がすごいんだ。敵の位置と方角、速度を、原稿を読み上げていくみたいに的確に教えていくんだよな』

『自分で探す必要ないよ。言われたところに行けば、そこに敵がいるんだもの。あれは楽よ』

エキシビションを見学していた練習生が興奮して会話する中で、クリストファーの思念が流れた。

『質問、よろしいでしょうか、エミリー中尉殿！』

エミリーは気さくに応じた。

『いいわよ。答えられる範囲でよければ答えるわ』

『中盤で包囲されそうになりましたよね？　あのとき退避しなかったのは、ご自身の判断ですか？　それともウィリアム教官の指示ですか？』

『ああ、深追いして突っこんじゃった、あのときね。あれはウィリアム教官の指示よ。〝敵は退避しようとした背後を狙うはずだ。そいつをカウンターで倒せ。こっちはなんとかするから〟って指示があったの』

『包囲が厚くなっているところに突っこむというのは、危険だとは思わなかったのですか？』

『ええ、危険だろうと思ったわ。でも、ウィリアム教官がいけると判断したのなら、それに従うわ。だって、そっちのほうが確実だから』

エミリーの答えを聞いたクリストファーは思った。

――これが指揮官と部下の関係なんだ。そこにあるのは、命を預けるにたりる信頼なんだ。〝階級や役職を利用した頭ごなしに押さえつけるような命令では部下は動かない〟というのは、こういうことなんだ。

そのとき、意識空間にリー大佐のメッセージがながれた。

『練習生諸君。エキシビションを見て、いろいろ思うことも、仲間と語りたいこともあるだろう。これから食堂を開放する。ドリンクベンダーと、軽食のオートベンダーも使用可能だ。消灯時間まで、フリートークの場として自由に使って構わない。なお、このフリートークにはエミリー中尉も参加する。質問を受けつけるので、聞きたいことがあれば聞いてほしい。わたしからは以上だ』

リーのメッセージが終わるのと同時に、練習生が集まっていた訓練棟に歓声が上がった。

そして、練習生が興奮を隠しきれないような表情で訓練棟から出てきたとき、アルケミ

ス全体に、聞き覚えのない電子警報音が鳴り響き、すべての練習生の意識に、戦術支援AIがメッセージを送った。

『今の警報音は、シュリシュクに本部を置くケイローン軍粛清者迎撃艦隊総司令部からの、転移警報である。ケイローン軍、アロイス軍、及びその管理下にある施設では、上級種族から粛清者の転移警報が伝えられた場合、ただちにこの警報音が流れる』

AIのメッセージを聞いた練習生のあいだに、悲鳴のような思念が飛び交った。

『粛清者の転移警報だって？　また来たのか？』

『まじかよ！　どうすりゃいいんだ？』

『ケイローンだけじゃなくて、もしかしたらおれたちも実戦に投入されるのか？』

『第一期練習生の先輩は、そうだったんだよな？』

『戦えないよ。まだ無理だよ、わたしたち……』

『でもよ、行くしかねえじゃん！　ほかに行けるやつがいないなら、おれたちが行くしかないんだ！』

大騒ぎになった意識空間に、再びリー大佐の思念が流れた。

『うろたえるな！　騒ぐ前に、情報を確認しろ！　思いこみと他人の言葉で動くのではなく、みずからの手で正しい情報を探し手に入れ、それを判断の材料にしろ！　調べればわかることだが、今の転移警報は、われわれのいる太陽系ではない。シュリシュクを含む、途上種族の集合体であるエリルセナント線への侵攻でもない。エリルセナント線から三つ離れた銀河の渦状肢に存在する途上種族星系に対して恒星反応弾攻撃が始まったことに関する警報だ。太陽系防衛戦が終わって一年と少し、動きをひそめていた粛清者がついに動き始めたのだ。フリートークは中止。練習生は宿舎に戻り、待機せよ。教官は全員、教務棟に集合してほしい。太陽系防衛司令部からの指示を待つ』

リーの思念を聞いたエミリーが泣きそうな声で言った。

「休暇、取り消しだね……きっと」

「どうかな？　直接エリルセナント線に関係がないのなら、休暇を取り消しても意味がないと思うな……決めるのはケイローンだから、なんとも言えないけど……とにかく、教務棟に向かおう。あそこは非常時には指揮管制センターとして使えるように、機器が整備されているんだ」

教務棟には、エミリーと顔見知りの第一期練習生や、地球軍独立艦隊で共に戦った恵一の同期たちが集まっていた。

情報端末を使って情報を集めていたアロイスの管理官であるライクリンが、意識空間に現われた。

『ケイローン軍粛清者迎撃艦隊総司令部から、太陽系防衛軍総司令部あてに指示が来ました。〝太陽系防衛の任にあたる地球軍独立艦隊、及び途上種族艦隊の警戒レベルを一段階引き上げ、星系外周部の凪《なぎ》が生じている部分に哨戒艇、もしくはプローブを撃ちこみ、常時警戒態勢を取るように〟とのことでした。なお、ケイローン軍第三軍から個別ルートで次のような指示が来ております――〝長距離偵察戦闘艦隊勤務員の休暇にあっては、変更なし。英気を養い、任務を果たすことを望む〟。以上です』

ライクリンのメッセージを聞いたエミリーがウィリアムに抱きついた。

「ねえ、聞いた？　今の！　休暇続行だって！　あたし、まだ、ここにいられるんだ！」

「ああ、聞いた、よかったね」

そう答えながら、ウィリアムは、その連絡が、ケイローン軍第三軍から独自に出ていることの意味を考えていた。

――太陽系のような辺境の防衛艦隊でも、警戒レベルを引き上げるようにという指示が出るんだ。きっとシュリシュクでは大騒ぎになっているに違いない。こんな状況下でのんびりと休暇なんて取れるわけがない。本来ならば休暇は取り消し、原隊復帰、くらいの指示が出て当然だ。でも、それをしないということは、おそらくケイローン軍第三軍のほうから、ケイローン軍粛清者迎撃艦隊総司令部のほうに、申し入れか何かがあったのだろう。ウィリアムは、脳内に、ケイローン軍第三軍の総司令官、デグル上級大将の風貌を思い浮かべていた。

——あの人が、ケイローン軍の兵士から〝親父さん〟と呼ばれる理由がわかったような気がする。

終章

休暇が終わる日の朝、教育コロニー・アルケミスの宇宙港に一隻の連絡艇が接舷した。

地球連邦政府のマークをつけたその連絡艇から降り立ったのは、ロボを連れた恵一だった。

「時間のないなか、よく来てくれた！」

そう言いながらリーが差し出した右手を握って、恵一は微笑んだ。

「本当なら昨夜のうちに到着する予定だったんだが、地球連邦政府との会議が長引いてね。朝イチでエミリーを迎えにいく連絡艇が出ると聞いたんで、便乗させてもらったんだ」

「粛清者《しゅくせいしゃ》の転移警報が発令されたために、定期連絡船の運航が一時中止になってしまったからな。エミリー中尉を迎えに来てくれと連絡したら、地球連邦政府が公用連絡艇を出してくれたんだ。こいつなら警報発令中でも航行許可が出るからね。さあ、管理棟に来てくれ」

リーはそう言うと、恵一にエレベーターホールへと伸びるエントランスを指さした。

「太陽系の木星軌道内の航行制限は、もうすぐ解除されるみたいだ。明日には制限区域は太陽系外縁部だけになるそうだ。もっともその辺を航行しているのは、軍の哨戒機だけだろうけどね」

並んで歩き始めた恵一の言葉を聞いたリーは、しみじみとした口調で言った。

「太陽系外縁部の哨戒飛行か、懐かしいな。連邦宇宙軍の機動戦闘艇部隊のパイロットだったころは、それが日課だった……あのころは、自分が教官の元締めになるなんて思ってもいなかったよ」

「機動戦闘艇パイロットみたいな一癖も二癖もあるような連中を取りまとめて戦ってきたリーには、簡単すぎて眠くなるんじゃないのか？」

「いや、デスクワークが多すぎて眠くなる。アロイスが事務かたを担当してくれているからなんとかなっているけど、おまえだけでやれと言われたら、おれは逃げるね」

「地球人は兵站《へいたん》とか補給とかの事務かたは、アロイスとケイローンに丸投げしているからな。おれだって、〝長距離偵察戦闘艦隊の第二艦隊司令、アリサカ少将です〟なんて偉そうな顔していても、肝心な部分は全部人任せだ。でも、いつの日かそういう部分もすべて地球人が担当するようになる。リーにはそのために必要な人材を育ててもらわないとな」

「プレッシャーかけないでくれよ」

リーはそう言って笑うと、メインシャフトの中にあるエレベーターに恵一を招き入れた。エレベーターのドアが閉まり、動き出すのと同時にリーが言った。

「今日は授業内容を変更して、先日公開された長距離偵察戦闘艦隊の訓練を、記憶体験型教育システムを使って練習生全員に追体験させている。自分たちが受けている訓練なんてのは本当の初歩の初歩だ、ということを知ってショックを受ける連中も出てきそうだが、まずは井戸から出して外の世界を見せてやれば、通用するようになるかもしれないからな」

井の中の蛙《かわず》をいきなり大海に放りこめば通用しないだろうが、

「段取りは大事だよ、なにをするにもね」

恵一がそう答えたとき、メインシャフトのエレベーターのドアが開いた。外に足を踏み出した恵一の目の前には、懐かしいアルケミスの風景が広がっていた。練習生の居住棟、中央にある食堂とスポーツジム、レクリエーションセンター。建物は増改築されているが、雰囲気は昔のままだ。

――おれは、右も左もわからないまま、いきなりここに連れてこられた。そして、地球人の誰も受けたことがないトレーニングを受ける日々を送った。きっと、それは今ここにいる練習生も同じなのだろう。不安と迷い。それを消し去ることはできなくとも、おれの言葉で、それを軽くすることはできるはずだ。それがおれの仕事だ。

三十分後、記憶体験型教育システムで恵一たちの訓練の追体験を終えた第二期練習生八百名は、メインホールに集められていた。

恵一は、練習生たちの前に進み出ると、ゆっくりと話し始めた。

「われわれは、これよりアンドロメダ銀河に向けて出発する。この銀河系に生きる人類が誰ひとりとして到達したことのない、ほかの銀河。そこに存在する恒星系はもとより、小惑星に至るまで、そのすべてが粛清者の支配下にある。

われわれがそこでなにを成し遂げるのか、それが成功するか失敗するか、それはわからない。ただひとつわかっていることは、われわれ人類が敵地に存在する、その事実が粛清者に与える影響ははかりしれないということだ。

太陽系は再建に向けて歩み出した。だが、また再び粛清者の攻撃を受けないと誰が言えるだろう。事実、今この瞬間にも、遠く離れた星系で粛清者が恒星反応弾攻撃を仕掛けてきている。われわれの作戦行動は、地球と、そして地球と同じく再建の道を歩みつつある幾百の途上惑星に、再建に必要な時間を与えるだろう。人類は攻撃の一歩を踏み出した。人類は決してあきらめない。もしわれわれが全滅し、誰ひとりとして戻ることがなくとも、人類は再び艦隊を編成し、敵地に赴くだろう。その艦隊に諸君らが加わり、地球人類の存在と地位を確固たるものにすることを望む！」

練習生たちは無言だった。だがその視線は、熱く強い意志を持って恵一に届いた。

短い休暇は終わり、遠いアンドロメダ銀河で、戦いの幕が上がろうとしていた。

著者略歴　1958年静岡県生，作家
著書『〈蒼橋〉義勇軍、出撃！』『宇宙軍士官学校』（早川書房刊）『時空のクロス・ロード』『アウトニア王国奮戦記』『ご主人様は山猫姫』他多数

HM=Hayakawa Mystery
SF=Science Fiction
JA=Japanese Author
NV=Novel
NF=Nonfiction
FT=Fantasy

宇宙《うちゆう》軍《ぐん》士《し》官《かん》学校《がつこう》
—攻勢偵察部隊《フオース・リーコン》—
1

〈JA1287〉

二〇一七年七月二十日　印刷
二〇一七年七月二十五日　発行

（定価はカバーに表示してあります）

著者　鷹《たか》見《み》一《かず》幸《ゆき》
発行者　早川浩
印刷者　矢部真太郎
発行所　株式会社　早川書房
郵便番号　一〇一 - 〇〇四六
東京都千代田区神田多町二ノ二
電話　〇三 - 三二五二 - 三一一一（大代表）
振替　〇〇一六〇 - 三 - 四七七九九
http://www.hayakawa-online.co.jp

乱丁・落丁本は小社制作部宛お送り下さい。
送料小社負担にてお取りかえいたします。

印刷・三松堂株式会社　製本・株式会社フォーネット社

ISBN978-4-15-031287-9 C0193

本書は活字が大きく読みやすい〈トールサイズ〉です。